Sofie Seidl

Rattenscharf

Ein Nagerkrimi aus München

FÜR MARKUS UND JAN IN LIEBE

Die Autorin wurde 1960 im Herzen von München geboren, flanierte mit ihrer Oma täglich durch die Münchner Innenstadt und schrieb mit 8 Jahren ihre ersten Kurzgeschichten. Nach dem Abitur schloss sie zunächst eine zweijährige Ausbildung als Zeitungsjournalistin ab und studierte anschließend Sozialpädagogik. Sofie Seidl arbeitete acht Jahre als Journalistin, Pressereferentin und Lektorin und betreute 15 Jahre lang benachteiligte Jugendliche. Mit 48 Jahren begann sie Romane zu schreiben. „Rattenscharf" ist der erste Roman unter dem Pseudonym Sofie Seidl mit Maxi, dem liebenswert-genialen Münchner Ratten-Ermittler

Sofie Seidl
Rattenscharf

Ein Nagerkrimi aus München

BoD Norderstedt

Bibliografische Information der Deutschen Nationalbibliothek: Die Deutsche Nationalbibliothek verzeichnet diese Publikation in der Deutschen Nationalbibliografie; detaillierte bibliografische Daten sind im Internet über http://dnb.dnb.de abrufbar.

Personen und Handlungen sind frei erfunden. Ähnlichkeiten mit lebenden oder toten Personen oder Institutionen bzw. Parteien jeder Art sind rein zufällig und nicht beabsichtigt.

Veröffentlicht als BoD Taschenbuch, 2017
Alle Rechte vorbehalten
© 2017 Sofie Seidl
Lektorat: Ilse Gams
www.ilse-gams.de
Herstellung und Verlag:
BoD – Books on Demand GmbH
In de Tarpen 42
22848 Norderstedt
+49 40 - 53 43 35-11
info@bod.de
www.bod.de
ISBN 978-3-7431-5620-3

Inhalt

1	Viele Ratten und ein Todesfall	7
2	Gestatten mein Name ist Ratt - James Ratt	27
3	In Rattes Namen	33
4	Das Rattenmännchen und die Kommissarin	45
5	Rattenblues	61
6	Ratte am Zug	69
7	Ratte am Dampfen	85
8	Ein Rattenschwanz an Problemen	97
9	Eine Ratte geht den Bach runter	109
10	Das Ratt ist ab	115
11	Ratte im Bouquet	129
12	Ratto Artistico	143
13	Ratzfatz	151
14	Die Wasserratten vom Großen Teich	157
15	Schach Ratt	165
16	Ratte mit Stil	181
Epilog		187
Ein dickes Dankeschön …		189

München Innenstadt – © OpenStreetMap-Mitwirkende
http://www.openstreetmap.org/copyright
Karte unter CC BY-SA 2.0 lizensiert

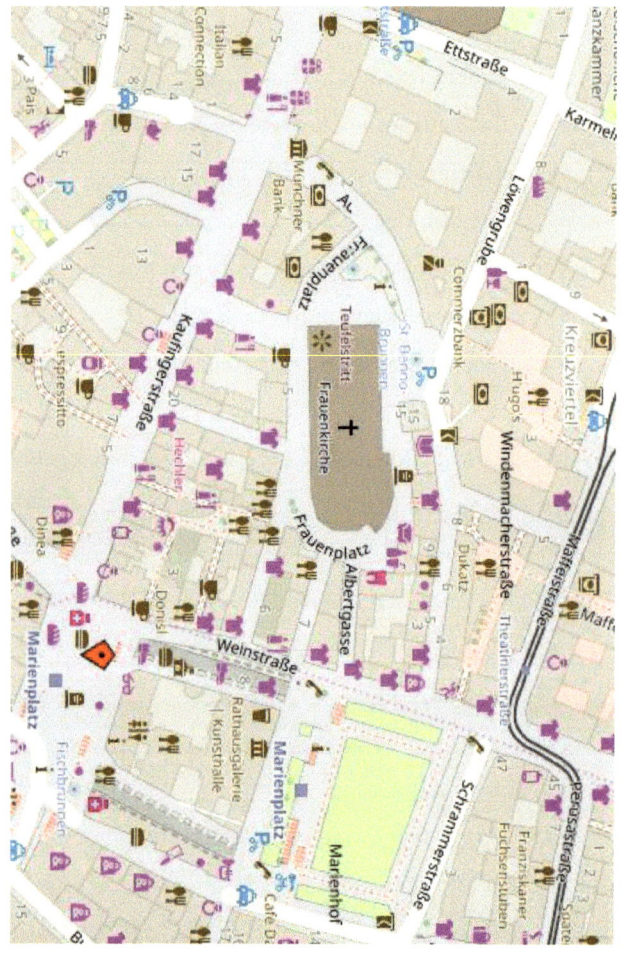

1 Viele Ratten und ein Todesfall

Ja, ich kenne ihn, ganz sicher! Diesen deftig-zarten, saftigen, unwiderstehlichen Geruch! Er ist sehr schwach, gewissermaßen nur ein Hauch, aber eindeutig vorhanden. Er schlängelt sich, einem Rauchfädchen gleich, in mein linkes Nasenloch. Dort streicht er sanft über hunderte winziger Hochleistungsrezeptoren in mein rechtes Nasenloch. Schließlich füllt er meine innere Welt komplett aus.

Meine Nase hat jetzt ganz von allein das Kommando übernommen und reißt meinen Körper um 73 Grad nach links auf die Fährte. Mein Gehirn hinkt den Ereignissen gerade einige Sekunden hinterher.

Dann plötzlich flutet die Erkenntnis mein Bewusstsein: „FLEISCHPFLANZERLSEMMEL!!!" – vom Biometzger!

Voll freudiger Erregung springe ich mit Mach 2 aus Gang 4 hinaus und renne auf das Objekt meiner Begierde zu. Mein eingebauter Computer meldet:

„Noch 4 Se-kun-den … noch 3 Se-kun-den … noch 2 … eine … Sie haben Ihr Ziel erreicht."

Es ist jetzt Freitag, Mitte März nach Menschenrechnung und kurz vor der Morgendämmerung. Hier auf dem Marienhof in München – meiner bescheidenen Meinung nach der schönsten Stadt der Welt – direkt hinter dem Rathaus ist um diese Uhrzeit Gott sei Dank noch fast nichts los. Und so schlau ich auch generell bin (das muss hier mal gesagt werden), beim F-WORT setzt meine Vernunft aus und die Sucht übernimmt. „I admit, I'm an addict, my lord". Schwerstabhängig, Motivation zum Entzug gleich null.

Ich stürze mich also auf den herrlichen Leckerbissen und genieße das unverhoffte Festmahl.

Mampf!... genau die richtige – Schlabber! ...die richtige Mischung – Skruntsch! ... Mischung von Fleisch und Ketchup – *Rrrülps*!! Oh, Verzeihung!

Nach dieser göttlichen Mahlzeit lasse ich mich auf die Hinterläufe plumpsen und streiche mir über das nach dem Essen wohlgerundete Bäuchlein. Na gut, ich *gebs* ja zu, dass es auch sonst nicht mehr der flachen Seite des zunehmenden Mondes gleicht, sondern sich eher der anderen annähert, aber nur ein kleines bisschen.

Während ich so verklärt vor mich hinschaue, fällt mein Blick auf ein dunkles Etwas, ca. fünf Meter entfernt, das aussieht, wie ein kleiner Berg Altkleider. Fast unwillig zieht mich meine Neugier in Richtung des schwarzen Bündels. Beim langsamen Näherkommen sehe ich, dass ein Auswuchs aus dem Haufen ragt, wie ein kleiner Ast mit ein paar winzigen Zweiglein am Ende.

Die Erkenntnis trifft mich wie ein Blitzschlag:

Das ist der Arm und die Hand eines Menschen.

Eines toten Exemplares, um genau zu sein.

Wieso habe ich den Toten nicht gleich bemerkt? Meine F-Sucht macht mir allmählich Sorgen! Denn jetzt rieche ich es ganz genau: Toter Mensch, männlich, ca. 46, seit 2 bis 2,5 Stunden tot, etwa 1,3 Promille. Auf meinen Riechkolben kann ich mich hundertprozentig verlassen. Schließlich bin ich eine Ratte.

Jetzt nicht den Kopf verlieren!

Panisch renne ich zurück zu Ausgang 4 unseres Baus, bremse kurz davor ab, drehe mich im Powerslide um die eigene Achse, eile wieder zurück zu dem Toten und verharre dort unschlüssig hechelnd auf der Stelle. Irgendwie scheint es mir falsch, ihn alleine zu lassen, obwohl das natürlich kompletter Blödsinn ist. Schließlich ist der Mann tot!

Da Fluchtinstinkt einerseits und Verantwortungsgefühl andererseits auf mich einwirken und mich in der Mitte auseinanderzureißen drohen, löse ich den Konflikt auf die traditionelle Art:

Ich setze mich hin und fange an, meinen Körper zu putzen, in seiner ganzen durchschnittlichen Wanderrattenmann-Länge von 26cm. Mein agoutifarbenes Fell – haselnussbraun mit schwarzen Spitzen, am Bauch silbergrau – ist mein ganzer Stolz. Meine samtschwarzen Augen übersehen darin kein Stäubchen!

Als ich mich gerade mit Hingabe der Säuberung meines 19cm langen Schwanzes widme, erklingt hinter mir plötzlich eine laute Stimme.

„Hey Maxi, wasn los Alter?"

Ich springe einen gefühlten Meter in die Höhe.

„Mensch Zwiebel geht's dir noch gut! Mich so zu erschrecken!"

Ich presse die rechte Pfote auf meine Herzgegend und warte, dass die Pumpe von Turbo wieder auf Normal runterschaltet.

Zwiebel ist mein Bruder und ein Punk. Er hat sich auf der linken Körperseite das Fell komplett abrasiert, ist also zweifarbig: auf der Fellseite schlammbraun, auf der nackerten schweinchenrosa. Bis sich mein Herzschlag wieder auf die normale Frequenz von 450 Schlägen in der Minute gesenkt hat, ist Zwiebel im Schlendergang bei der Leiche angekommen.

„Der sieht aber gar nich gut aus", kommentiert er die Lage. Im Vergleich zu wem, denke ich, schlucke die Bemerkung aber runter. Im Grunde bin ich nämlich froh, jetzt nicht mehr allein zu sein. Auch, wenn Zwiebel nicht gerade der Macher ist, eher Typ Mitläufer. Wir Ratten sind ganz klar Herdentiere.

Durch Zwiebels Anwesenheit etwas beruhigt, beginnt mein Kopf wieder klarer zu denken. „Lass uns den Toten kurz genauer anschauen", murmele ich mehr zu mir selbst und bin schon dabei, vorsichtig und in respektvollem Abstand um die Leiche herumzuwandern.

Der Tote liegt auf dem Bauch, ein Arm ist nach vorne ausgestreckt, der andere unter dem Körper zum Liegen gekommen. Vom Gesicht sieht man nur die rechte Seite und die nicht ganz, weil der Mantelkragen ein bisschen hochgerutscht ist.

Hmm, gepflegte Kleidung, saubere, glatte Fingernägel. Ein Finger zeigt eine schwache rundum verlaufende Delle. Ich schau genauer hin. War da vielleicht vorher ein Ring dran, den der Mörder mitgehen hat lassen? Puh, die Finger riechen ziemlich scharf nach Zitrone. Oh! Auf dieser Seite ist die Jackentasche ausgerissen. Hat da wer schnell-schnell die Brieftasche geklaut? Ordentlich geschnittenes Haar …

„Um Gottes Willen!", rufe ich und hüpfe rückwärts, „der hat ein riesiges Loch am Hinterkopf!".

Das ausgetretene Blut hat eine kleine Lache gebildet, die bereits halb getrocknet ist und im Licht der Dämmerung schwarz erscheint. Ich beschließe, dass ich erst mal genug gesehen hab.

Einen Moment lang halte ich für das Kontem inne, die kurze Andacht aus Respekt vor einem toten Lebewesen. Die meisten von uns Ratten sind nicht religiös. Aber wir haben eine ausgeprägte Achtung vor dem Leben und sind dankbar dafür. Der Tod gehört zwar zur Natur, aber es ist immer schade, wenn eine Existenz endet, zumal früher, als es hätte sein müssen. Denn hier geht es glasklar um Mord. Um das zu erkennen, muss man kein Genie sein. Auch, wenn der tote Mann einer anderen Spezies angehört, fühle ich mich verpflichtet, mein Bedauern zu zeigen. Einfach, weil sonst niemand da ist, der es tun könnte.

Ich senke den Kopf und schließe die Augen. Ich öffne mein Herz für den Menschen, der dieser Tote einst war und den ich nicht gekannt habe. Dann mache ich meine Ohren weit für die Geräusche des frühen Morgens in der Stadt, das Zwitschern der Vögel, eine sanfte Brise, einzelne Automotoren, die in der Ferne aufheulen. Damit Neues entstehen kann, muss Altes vergehen. So ist der Lauf unserer Welt.

„Als erstes müssen wir den Fund melden, die Clans müssen in Bereitschaft versetzt werden", wende ich mich an Zwiebel. „Bald wird es hier von Menschen wimmeln: Arzt, Polizisten, Spurenleser (oder wie die heißen), Neugierige usw. Hab ich kürzlich schon mal erlebt, bei diesem Einbruch im Juweliergeschäft in der

Maximilianstraße. Da war die Hölle los! Ausgangssperre bis auf Weiteres, würd ich sagen."

Zwiebel stimmt mir zu. Er ist ein guter Kumpel, aber manchmal ein bisserl verpeilt. Ich glaub, er weiß gar nicht, was „Punk" eigentlich bedeutet. Äh, zugegeben, ich auch nicht so wirklich. Wir eilen zum Bau zurück. In rasantem Tempo hechte ich in Gang 4, Zwiebel folgt mir auf den Hinterpfoten. Währenddessen fiepe ich laut nach Marktschreier, dessen Aufgabe es ist, die neuesten Nachrichten sofort in meiner Heimstatt, dem Clan Marienhof, zu verbreiten und sie dann umgehend der Inforatte des nächstliegenden Clans mitzuteilen. Diese informiert dann ihrerseits den Boten des nächsten Clans und so weiter. Läuft alles nach einem genau festgelegten Plan ab – und in Worp-Geschwindigkeit.

In der ersten Kammer unseres Wohnkessels angekommen, sehe ich gerade noch, wie ein hellgrauer Pelzrücken im Durchgang zur nächsten Kammer verschwindet – vermutlich der von Marktschreier. Ich setze gerade zu einem weiteren Schrei an, da bemerke ich mehrere Clanmitglieder, die in der Kammermitte zusammengeknäuelt vor sich hin dösen und stoppe abrupt ab. Zwiebel, der nicht mehr rechtzeitig bremsen kann, knallt voll in mich rein.

Als Fellbündel mit acht Pfoten schliddern wir auf die Kesselmitte zu. Dort haben sich mehrere Urgroßmütter sowie einige Großonkel und andere nicht mehr ganz taufrische Clanmitglieder zu einem gemütlichen Haufen zusammengerollt. Eine Krallenbreite von der Vorderpfote von Großonkel Joseph entfernt kommen wir zum Stehen.

Er und vier weitere Oldtimer werfen uns vernichtende Blicke zu. Da es hier besser ist, die Klappe zu halten, hasten wir weiter zu Kammer 2. Auch dort sehe ich von (dem vermutlichen) Marktschreier leider nur noch die Schwanzspitze im Durchgang gegenüber verschwinden.

Bei unserem Lauf zur dritten Kammer treffen wir auf Sirkit, unsere selbstbewusste Austausch-Rättin aus Indien, die einst nur für ein paar Wochen unsere Münchner Lebensweise studieren wollte. Sie ist hier geblieben und hat mittlerweile eine mehrköpfige Familie. Außerdem ist sie meine beste Freundin. Sie hat Marktschreier tatsächlich gerade in Ausgang 1 verschwinden sehen.

Ich lege noch einen Zahn zu und fiepe, was das Zeug hält: „Marktl, Zefünferl, jetzt bleib hoit endlich steh, du Depp, du bläda!!" In Stresssituationen verfall ich gern ins Bayrische.

Marktschreier hält tatsächlich an und dreht sich verblüfft um. „Notfall", rufe ich, „Menschlicher Leichenfund an der Oberfläche bei Ausgang 4".

Jetzt ist der Marktl endlich bei der Sache, hört zu, fragt mir Löcher in den Bauch und saugt sämtliche Infos praktisch aus mir heraus. Als alles gesagt ist, halte ich mir schnell mit beiden Vorderpfoten die Ohren zu, denn Marktschreier ruft in einer speziellen Ultraschall-Frequenz alle Clanmitglieder zum Zuhören auf.

Zwiebel war leider nicht so geistesgegenwärtig wie ich. Während auch er jetzt verspätet die Pfoten auf seine Lauschlappen presst, wackelt sein Kopf hin und her und seine Augäpfel drehen sich leicht nach innen. Marktschreiers Stimme wirkt: Alle Clanmitglieder im

Umkreis von 10 Metern unseres Baus über und unter der Erde halten sofort paralysiert inne und hören den Neuesten Nachrichten zu.

„Liebe Clan-Mitglieder, nahe Ausgang 4 wurde an der Oberfläche eine menschliche Leiche entdeckt! Der Rat ist aufgerufen, sich sofort in Kammer 2 einzufinden und weitere Anweisungen zu erteilen!"

Mein Clan zählt 91 Tiere und meist herrscht bei uns eine lockere, milde anarchistische Basisdemokratie. Nur wenn es gefährlich wird, bilden sich hierarchische Strukturen. Dafür gibt es den Rat, der sofort die Führung übernimmt und von den anderen ohne Diskussion als Chefgremium akzeptiert wird. Für die Zeit der Krise.

Die drei Ratsmitglieder Großonkel Xaver und die Clanmitglieder Anna und Vitus besprechen kurz und leise die Lage in der in Windeseile freigemachten Kammermitte. Alle anderen im Bau befindlichen Clanmitglieder drängeln sich drumrum bis an die Wände, in den anderen Kammern und Gängen und warten schweigend auf die Anordnungen des Rates. Zwei Minuten später stellt Marktschreier sein Organ wieder auf volle Lautstärke:

„Ab sofort herrscht Ausnahmezustand! Keine Ratte verlässt den Bau! Alle Ratten, die sich außerhalb befinden, werden sofort von Moses in den Bau zurückgeholt!"

Sofort setzt lautes Gemurmel im Pulk ein, das Marktschreier jedoch gleich wieder niederbrüllt.

„Maxi, komm zu uns in die Mitte! Ist Maxi anwesend?!"

Mann, fehlt nur noch, dass er fragt, ob ich ihn auch wirklich hören kann. Maxi, das bin nämlich ich (kommt von "Maximilian", sagt meine Schwester Kathi, kommt von "Maximus", sage ich). "Ich komm gleich!", ruf ich zurück und mach mich auf den Weg. Was aufgrund meiner Fell an Fell gedrängt stehenden Clangenossen gar nicht so leicht ist.

Ich quetsch mich halt durch, so gut es geht. "Tschuldigung! Lasst mich mal durch! Geht bitte mal zur Seite! Oh Verz …!". Dümmliche Floskeln vor mich her faselnd schiebe, drücke und drehe ich mich mit Schmackes in Richtung Zentrum. Als ich ankomme, ist mein Fell zerzaust, die feinen langen Härchen sind stellenweise plattgedrückt. Das kann ich eigentlich gar nicht leiden. Aber hier und jetzt mit Fellpflege anzufangen, wäre , wie es so schön heißt, ein absolutes *No-Go*.

Unsere drei Weisen wenden sich mit würdevoller Langsamkeit zu mir um. Dann starren sie mich an, die Köpfe hoch erhoben und sagen – gar nichts. So lange, dass mir schon ganz anders wird. Dass ich mich frage, ob ich den toten Mann nicht hätte inspizieren dürfen, oder ob nun doch von mir erwartet wird, dass ich meinen zerzausten Pelz herrichte, oder ob ich, ohne es zu merken, ein Kapitalverbrechen begangen hab. Wie man halt reagiert, wenn einen Autoritätspersonen vor die Öffentlichkeit zitieren und dann demonstrativ anglotzen. Es fehlt gerade nicht viel und ich gestehe den Mord an dem toten Mann.

Schließlich richtet Vitus laut und deutlich das Wort an mich – in einem Ton, als ob er grad die Zehn Gebote verkündet:

„Die Situation mit dem toten Menschen kann möglicherweise gefährlich für den Clan werden – wenn so nahe viele Zweibeiner alles absuchen und dabei vielleicht unsere Eingänge entdecken. Wir wissen nur zu gut, wie ablehnend die Menschen manchmal auf uns reagieren. Aber diese Situation bietet auch eine einmalige Chance. Die Chance, der Herrscherspezies dieses Planeten die Nützlichkeit und Intelligenz der Gattung Ratte vor Augen zu führen!"

Vitus macht eine Kunstpause, während der meine Clangenossen und ich kollektiv den Atem anhalten. Kurz bevor den ersten die Luft ausgeht, lässt Vitus die Maus aus dem Sack:

„Maxi vom Clan Marienhof. Du bist der Vermittler zwischen Ratte und Mensch. Im Namen der gesamten Münchner Rattengemeinschaft ernenne ich dich hiermit zum Sonderbeauftragten! Geh und hilf den Menschen bei der Aufklärung dieses Mordes. Die Ratten aller Clans werden dich unterstützen, wann immer du es brauchst."

Jetzt brandet ein ohrenbetäubendes Gefiepe und Gepiepse auf – das Beifallklatschen bei uns Ratten.

Nachdem wieder halbwegs Ruhe eingekehrt ist, dreht Marktschreier sein Organ nochmal voll auf:

„Maxi darf als einziger den Bau verlassen! Er observiert das Geschehen und informiert mich! Alle Ratten sind aufgerufen, ihn uneingeschränkt zu unterstützen! Sollte es Probleme oder Fragen geben: Ich benachrichtige jetzt den Donisl Clan und bin dann für die Dauer der Krise in Kammer 2 stationiert!"

Ihr wundert Euch jetzt vielleicht über meine Sonderrechte und warum ich Euch das alles überhaupt erzähle. Ganz einfach: Ich bin in München Zentrum (Radius Marienplatz bis Stachus einerseits, bis Museum Fünf Kontinente andererseits) der zuständige Rattenmann für den Bereich „foreign affairs". Das heißt, ich behalte Euch Menschen im Auge, informiere den Clan über Wichtiges, warne vor möglichen Gefahren und greife ein, wo es nötig ist.

Aber ich bin auch dafür zuständig, das Verhältnis zwischen uns Ratten und Euch Menschen anzukurbeln. Unser leider oft negatives Image bei Euch aufzubessern. Damit hab ich gewissermaßen die „License to act". Und das tue ich hiermit: Mit diesem kleinen Büchlein starte ich eine PR-Aktion für uns Ratten.

Sind wir mal ehrlich: Ihr Menschen seid in *einiger* Hinsicht unsere großen Vorbilder und wir lernen viel von Euch. Aber Ihr habt ganz schöne Vorurteile uns gegenüber. Oft völlig unberechtigt! Wir sind nicht nur ein sehr intelligentes Volk, wir sind auch sehr reinlich, putzen unser Fell mehrmals täglich. Und das mit der Pest war der Rattenfloh, nicht wir! Das Thema hat sich mit etwas Hilfe von den Kollegen aus dem Clan Campus München Großhadern/Biochemie inzwischen übrigens erledigt …

Warum gerade ich für den Kontakt zu Euch so geeignet bin? Erstens habe ich als Jugendlicher mein Auslandspraktikum im ISL Clan absolviert – der liegt unter der International School of London. Ich spreche also nicht nur deutsch und englisch, ich habe auch schreiben gelernt. Allerdings eher beim nächtlichen

Tippen auf den Schul PCs – handschriftlich bin ich nicht wirklich gut, dafür sind unsere Pfoten einfach nicht konstruiert.

Zweitens habe ich viel freie Zeit, ich ziehe nämlich keine Kinder groß. Weil: Ich bin schwul. Das ist bei uns Ratten keine große Sache, da stört sich niemand dran. Nicht wie bei Euch Menschen, wo bei dem Thema anscheinend die Angst vor Ansteckung + Aussterben oder so besteht. Wir tolerieren jede Ratte mit ihrer persönlichen Lebensweise – sofern sie keiner Mitratte dadurch schadet. Sobald es um das Wohl des Clans geht, wird sowieso jede Ratte alles andere hintenan stellen. Unsere verschiedenen Talente setzen wir für die Gemeinschaft ein.

„Ahhhhiiiiih!! Hilfe!! Hilfe!! Hilfeee!!!" dringt es von oben mitten in unsere Versammlung, die gerade im Auflösen begriffen ist.

O.k. Die Leiche wurde entdeckt. Von einem weiblichen Menschen, wie ich aus Stimmlage und Enthusiasmus des vorgetragenen Schreies schließe. Jetzt dauert es wahrscheinlich nur noch fünf bis zehn Minuten, bis oben die Sanis und die Bullen vorfahren und die Ruhe des Sonnenaufgangs endgültig zunichtemachen.

Es dauert genau 4 Minuten, weil ein Einsatzwagen des Notarztteams Innenstadt heut Nacht an der Ecke Pfisterstraße/Hofgraben Bereitschaft hat. Ich habe mich nach dem Geplärr sofort auf die Socken gemacht. Gang 4 endet ein paar Meter hinter dem Aufzugsschacht zur U-Bahn Ecke Marienhof/Weinstraße. Lautlos und schnell husche ich im Schutz der beginnenden

Morgendämmerung die paar Meter über den Sand-/Kiesweg zur Rückwand des U-Bahn-Rolltreppeneingangs, flitze dort am Mäuerchen entlang bis zu dem kleinen Rasenquadrat auf der rechten Seite des Rolltreppenschachtes, wo der Tote im spärlichen Gras liegt.

Nur zwei Meter entfernt steht hier zurzeit ein kleiner Stromkasten auf einer Palette, weil mal wieder irgendwas umgebaut wird. Da drunter schlüpfe ich jetzt, lege mich auf die Lauer und verfolge das Geschehen am Tatort.

Gerade kommen zwei Sanitäter in orangen Jacken mit silbernen Reflexionsstreifen angerannt. Einer hat eine kleine Taschenlampe in der Hand und leuchtet dem Toten damit direkt in die Augen.

„ Der ist ohne Zweifel tot. Pupillen weit aufgerissen und keinerlei Reflex. Da können wir nix mehr tun." Sanitäter A schaut seinen Kollegen an und schüttelt mit ernstem Blick den Kopf. „Ruf' das Blaulichttaxi."

Kurze Zeit später fährt in der Weinstraße ein Polizeiauto mit Blaulicht und Sirene vor, Reifen quietschen, es kommt abrupt am Straßenrand zum Stehen. Blaue Lichtfetzen huschen gespenstisch im Takt über Wände und Fenster der Ladenzeile. Die Türen des Wagens fliegen auf und zwei grünbraun Uniformierte springen praktisch aus dem BMW. Sie rennen zum Tatort als ob es darum ginge, einen Flüchtigen festzunehmen.

Erst, als sie bei dem Toten ankommen und innehalten, sehe ich, dass einer der Polizisten eine Frau ist. Wäre der lange Zopf auf ihrem Rücken nicht gewesen, ich hätte es nicht gemerkt. Weder an ihrem Gang noch an ihren

Gesten. Bewegt sich wie ein Kerl, dabei ist sie eher zierlich. Vielleicht gerade deswegen?

„Servus! Ihr habt's an Doden, hat die Zentrale g'sagt?", wendet sich der Mann an die Sanis.

„Ja, der ist sicher schon zwei/drei Stunden tot."

Diese Info bremst die Polizisten etwas runter. Mögliche Fluchtwege zu checken hat wohl keine solche Eile mehr. Trotzdem tun die Polis ihre Pflicht: Das Gelände wird weitläufig mit rot-weißem Band abgesperrt. Die beiden Grünen rufen über Funk Verstärkung, die mögliche Fluchtwege des Täters überprüfen soll – die U-Bahneingänge Marienhof und Marienplatz, die wegführenden Straßen, die Fußwege Richtung Frauenkirche.

Auch mögliche Verstecke in der Nähe werden untersucht, weil es immer wieder durchgeknallte Täter gibt, für die es das höchste ist, zuzuschauen bei dem Chaos, das sie angerichtet haben. Woher ich das alles weiß? In der ISL gab es damals das Wahlfach Kriminalistik … Die Vorlesungen hielt ein Professor Kolumbus, oder so ähnlich. Ich bin jedenfalls froh, dass ich als Unterschlupf bei der Tatortausspähung einen niedrigen Kasten gewählt habe, der als Versteck für einen Menschen nicht taugt und halte den Atem an, als die Polis, inzwischen zur Herde angewachsen, an mir vorbeihasten.

Es ist schon ca. eine dreiviertel Stunde vergangen, als die nächste Schwadron anrückt, fast gleichzeitig: Spusi (Abkürzung für „Spurensicherung", wie Polizist 1 gesagt hat) und Kripo. Der offensichtliche Obermacker der

Spusi, ein Herr im jungfräulich weißen Overall mit Plastikhandschuhen, dicken Schuhen und einem Häubchen, um das ihn jedes Hausmädchen im 19. Jahrhundert beneidet hätte, meckert gleich mal in die Runde.

„Die depperten Sanis san da rumtrampelt wie a Herde Elefanten!"

Da der Gegenstand seines Unmuts inzwischen längst weggefahren ist, nimmt er jetzt die zwei Streifenpolizisten, die als erste am Tatort waren und die bei der Leiche die Stellung gehalten haben, ins Visier.

„Dass die Sanis koa Rücksicht auf Spuren nehma, is ja bekannt. Aber Ihr solltets es eig'ntlich bessa wissen!", schimpft er und verteilt Plastiküberzüge für die Schuhe der beiden und durchsichtige Handschuhe.

„Oder lernt ma' des heut' nimma auf da Polizeischui? Zusammenarbeit war amal groß gschriebn bei uns. Jetzt hoast des „Tiemwörk" und wird einem in Schulungen vaklickert von Kollegen, die fast no' Windeln tragn, so als hättens den Stein der Weisen nai gfundn. Und was is aus da Zusammenarbeit gworden? – nix is's, Scheiße is's, jeder hat nur no die eigene Wichtigkeit im Kopf und schaut übern Tellerrand net naus!"

Ach du lieber Gott! Der erinnert mich schwer an Großonkel Xaver. Der predigt uns auch immer, was früher alles besser war. Scheint ein Phänomen zu sein, das bei älteren Exemplaren über die Speziesgrenzen hinaus wirkt. Die beiden Polis tun mir irgendwie Leid. Ich hör einen der anderen Weißröckchen, den Spusi-Bigboss Michi genannt hat, zu einem Kollegen murmeln:

„Der ist ja heut wieder in Fahrt, unser „Super"". Ja, der Spitzname passt auch.

Jetzt nahen eine Frau und zwei Männer in Zivil mit auffällig selbstbewussten Schritten – und vorschriftsmäßig gekleidet. Die Frau ist mittelgroß, normal schlank, hat frech-fransig geschnittenes, schwarzes kurzes Haar und dürfte so an die 37 Lenze auf dem Buckel haben. Der „Super" wendet sich den Neuankömmlingen zu, die Streifenpolizistin und ihr Kollege schauen sich kurz an und atmen deutlich sichtbar auf.

„Ja die Frau Oberkommissarin Moosgruber und ihr Harem, die Herren Kommissare Schimanns und Kurnaz, habts Ihr a scho ausgschlafn!", feixt Schneeweißchen. „Servus Lisi,

servus Andy, grias di Cem."

„Servus Ignaz" kommt es dreistimmig mit einem gequälten Lächeln zurück.

„Wenn du was Auffälliges findst, sagst glei Bescheid", würgt die Oberkommissarin in sachlichem Tonfall weitere schlechte Scherze ab. Dann wendet sie sich den beiden Streifenpolizisten zu.

„Schildern Sie uns bitte die Sachlage".

Während die das tun, beobachte ich die Spurensicherung bei der Arbeit. Erst mal werden überall bei der Leiche und im Umfeld kleine Schildchen mit Nummern von 1 bis 17 aufgestellt. Zwei von den Spusis haben riesige Pinsel in der Hand und stauben jetzt an dem Toten, seiner Kleidung und auf dem Boden herum. Der Dritte klebt hier und da Stellen mit dem Klebeband zu und nimmt es dann gleich wieder ab. So werden, wie ich weiß, z.B. Fingerabdrücke gesichert, die man später im Polizeicomputer mit denen von Verdächtigen vergleichen kann.

Nummer Vier hat ein Stativ aufgestellt und schießt jetzt aus allen möglichen Perspektiven Unmengen von Fotos von der Leiche und der direkten Umgebung. Langsam wird mir schon ein bisschen mulmig. Denn auch wenn ich unter meinem kleinen Stromkästchen gut geschützt bin – wenn die weiter jeden Zentimeter absuchen und noch näher kommen, oder wenn die Polizeihunde einsetzen, muss ich einen superschnellen Abgang machen.

Jetzt gehen die Kommissare zu dem Toten.

„Wissen wir schon, wer er war?", fragt der, den Schneeweißchen „Andy" genannt hat und der nordischblond ist und den ich auf runde 40 schätze.

„Hat keine Papiere bei sich", antwortet Cem, „die Brieftasche ist weg, Schlüssel etc. auch". Cem dürfte zwei, drei Jahre jünger sein als Lisi. Er ist ein dunkler Typ mit schön geschwungenen schwarzen Augenbrauen.

„Am Ringfinger der linken Hand ist mir eine Druckstelle
aufgefallen. Wahrscheinlich hat der Tote einen Ring getragen, den ihm der Mörder nach der Tat vom Finger gezogen hat".

Da ich vor Kurzem selbst diesen Schluss gezogen habe, bin ich gerade dabei zu verhindern, dass ich vor Stolz platze. Das wäre viel zu laut und würde mich definitiv verraten. Also klopfte ich mir gedanklich auf die Schulter, trage mir ein rotes Sternchen ins mentale Heftchen ein und denke zu mir:

„Maxi, du bist guuut!"

„Verdammter Mist! Ach du dicke, gequirlte Sch…"

„Was ist los, Lisi?", fragt Cem besorgt.

„Schauts Euch des Gsicht amal genauer an. Kommt Euch der net bekannt vor?", sagt Lisi statt einer Antwort.

Angestrengt gaffen die beiden Kommissare auf den Toten hinunter – ich tu es ihnen gleich. Sie scheinen aber nix zu erkennen, genauso wie ich, denn sie drehen die Köpfe nach einer Weile wieder zur Oberkommissarin. Die streckt nur wortlos ihren Arm aus und zeigt auf das nahe Eck des Fahrstuhlschachtes. Jetzt schwenken wir alle drei synchron unsere Köpfe und glotzen dumm.

Es ist Andy, bei dem zuerst der Groschen fällt.

„Mi leckst am Arsch", intoniert er die bayrische Verblüffungsformel. „Schau da des Wahlplakat amal an. Der Tote is der Epp. Schaugt so aus, als hamm die Orangen die Wahl scho vorher verloren."

„Scheißdreck verdammter", lässt sich wieder die Chefin vernehmen. „Jetzt hamma an politischen Fall."

Damit habs auch ich kapiert: Auf dem in schmutzigem Orange gehaltenen Plakat schaut mir mit entschlossenem Lächeln das Gesicht entgegen, das jetzt hier auf dem Rasen liegt, kein Zweifel. Neben dem Foto steht:

„Otto Epp, Ihr OB Kandidat".

Rechts unten im Eck ist noch

„Naive für München" zu lesen – wohl die Partei, für die er kandidiert hat.

Nachdem ich noch eine weitere Stunde in meinem Versteck zugebracht und den Berichten verschiedener Streifenpolizisten und –innen (Polizeiwachtmeister) und der Polizeiärztin Dr. Anke Fischer an Oberkommissarin Moosgruber gelauscht habe, kann ich mir ein erstes grobes Bild zum Ermittlungsstand machen:

Otto Epp muss kurz nach 3:00 Uhr in Richtung U-Bahn gegangen sein. Direkt neben dem Zugang zur Rolltreppe ist er dann von hinten mit einem stumpfen Gegenstand niedergeschlagen worden. Der Schlag selbst war sehr heftig, ob er die Todesursache war, wird die Obduktion ergeben. Augenzeugen oder auch nur Leute, die Epp noch auf dem Weg zur U-Bahn gesehen haben, gibt es bislang keine – dafür war es noch zu weit vor Arbeitsbeginn. Und die Läden an der Weinstraße bzw. das Gold- und das Silbergeschäft neben dem Bahnaufzug machen erst um 10 bzw. 11 Uhr auf.

Im Moment sieht es nach einem Raubmord aus, zumindest ist Epps Brieftasche gestohlen worden und wohl auch der Ring. Hah! Auch was den Todeszeitpunkt betrifft, hab ich die richtigen Schlüsse gezogen! In meinem Unterschlupf recke ich lautlos die Siegerfaust. So langsam merke ich allerdings, wie mir bei allem Interesse für die Sache die Pfoten einschlafen.

Spusi, das Trio von der Kripo, die Polizeiärztin und die meisten Wachtmeister sind inzwischen abgezogen, nur noch einer passt auf, dass keine Neugierigen die Absperrung durchbrechen.

Ich mache mich bei nächster Gelegenheit unauffällig in Richtung unseres Baus vom Acker, angesichts der vielen Versteckmöglichkeiten und der Blindheit der meisten Menschen sind Kurzstrecken auch tagsüber kein wirkliches Problem. Im Bau informiere ich Marktschreier über alles Wesentliche.

Verblüfft stelle ich fest, dass es mich tatsächlich interessiert, herauszufinden, wer Otto Epp ins Jenseits befördert hat. Zum einen, weil es einfach mächtig spannend ist, von Anfang an dabei gewesen, zu sein. Sozusagen „der (Ratten-)Mann der ersten Stunde". Zum anderen aber auch, weil ich wirklich wissen und verstehen will, warum man als Mensch einen anderen tötet.
Natürlich sind auch wir Ratten keine Engel. Auch wir streiten uns und es kann schon mal, wenn die Emotionen sehr hochkochen, zu größeren Verletzungen kommen. Aber dass eine Ratte die andere Ratte von hinten angreift und kaltblütig tot beißt, um ihr etwas wegzunehmen, davon habe ich noch nicht gehört.

Irgendwie fühle ich mich dem Toten gegenüber außerdem auf eine seltsame Weise verpflichtet. Vielleicht, weil ich ihn entdeckt habe? Es ist, als wäre es meine Aufgabe, dafür zu sorgen, dass sein Mörder bestraft wird. Ganz schön abgefahren, ich weiß. Jedenfalls werde ich mich mal bei den Rattenclans in der Umgebung umhören. Agent Maxi beginnt mit eigenen Ermittlungen. Klingt gut.

2 Gestatten mein Name ist Ratt - James Ratt

Als erstes besuche ich mal den Sepp vom nahe gelegenen Donisl Clan – der seinen Namen behält, auch wenn das frühere Traditionsgasthaus bis auf die Fassade abgerissen wurde und erst Ende 2015 in neuer Pracht wiedererstanden sein wird. Für längere Touren am Tag nehme ich freilich die unterirdische Route. Im Münchner Kanalisationssystem gibt es genügend trockene, halbwegs saubere Gänge, die wir benutzen.

Für die Nachtstunden steht außerdem das gut ausgebaute Münchner U- und S-Bahnnetz zur Verfügung. Würde auch tagsüber gehen, ist aber viel mehr Stress. Neben den Schienen gibt es genügend Platz, um sicher zu wandern. Wenn man weiß, wo die Stromabnehmer sind … Der Boden unter dem Marienhof ist sowieso der reinste Schweizer Käse. Was die oberirdischen „Städteplaner" da in den letzten Jahren alles gebuddelt haben!

Weil sie sich nicht einigen konnten, was mit dem Marienhof geschehen sollte. Also hieß es für unseren Clan mal raus und zu den Nachbarclans unterm Marienplatz, mal zu denen in der Sendlinger Straße evakuieren, zwischendrin mal wieder zurück nach Hause, ein ewiges Hin und Her. Und was für einen Zirkus das erst gab, als hier unten die Überreste aus längst vergangenen Siedlungszeiten entdeckt wurden!

Wir wussten darüber schon *längst* Bescheid.

Durch die Reste ebenjener Ruinen bin ich jetzt unterwegs in Richtung Südwesten. Nach kurzem Lauf treffe ich auf das schmale Loch zu einem längst trocken gelegten kleinen toten Zweig der Kanalisation, schlüpfe hindurch und bin da. Der Donisl Clan liegt genau unterhalb der Kreuzung Weinstraße/Kaufingerstraße.

Ich glaube, jetzt muss ich mal was klarstellen: Wir München-Ratten tragen zwar Namen wie „Donisl Clan" oder „Schuhbeck Clan" (Platzl), aber wir halten uns von den jeweiligen gastronomischen Stätten weit entfernt. Weil Ihr Menschen gerade in Euren Fresstempeln und Lebensmittelbetrieben einen unglaublichen Hygienefimmel an den Tag legt. Da würden wir uns nicht mal in die Nähe wagen.

Außerdem weiß rattenman (und-frau), was sich gehört … Aber wir sind Münchner Weltstadt-Ratten und identifizieren uns mit unserer Heimatstadt! Und hier in München sind wir ein qualitätsbewusstes Völkchen.

Wir fressen nicht einfach irgendeinen Scheiß aus der Mülltonne! Wir halten uns an die ballaststoffreichere, frischere, vorwiegend vegetarische Bio-Kost, die Gott sei Dank in unserer prachtvollen Hauptstadt inzwischen fast überall gekauft und unterwegs – wenn auch nicht mehr ganz vollständig – liegengelassen wird.

Außerdem haben gerade wir hier einen Ruf zu wahren, schließlich liegt Dallmayr in Sichtweite!

Wir sind auch traditionsbewusst. Hier passt der Sepp sehr gut rein. Wo ich mein F-Semmel-Problem habe, hat er ein Weißwurstproblem. Und ein Weiß*bier*problem. Wo ich einen kleinen Bauchansatz habe, sitzt bei ihm der berühmte Bayrische Ranzen. Ansonsten ist er ein gemütlicher Kerl und hilfsbereit, wenn er nicht gerade beim Boule spielen verloren hat (es ist erstaunlich, wie viele Murmeln die Menschenkinder über dem Obletter Clan am Stachus so verlieren).

Als ich ihn entdecke, hat der Sepp gerade gewonnen und ist bester Laune. Er bietet mir ein Bier aus dem (Fingerhut-) Becher an, das ich dankend ablehne, so früh am Tag. Sein Clan hat gestern ein 5-Liter-Fass Helles gefunden und in den Bau gerollt. Seither erfreut es sich reger Nutzung, wie ich rasch feststelle: Die allgemeine Stimmung lässt sich nur mit „bombig" beschreiben. Es ist nämlich so: Wir Ratten äh, *finden* ab und zu Lebensmittel, die, äh liegen … geblieben sind. Und verhindern, dass sie ungenutzt verderben.

Schließlich sind wir energiebewusst! Sozusagen geborene Vollverwerter.

Sepp hat zuerst leichte Probleme, die Augen auf mich scharf zu stellen. Als er mich dann erkennt, fällt er mir um den Hals und begrüßt mich herzlich auf unsere übliche Art: dem Anstupsen der Schnauzen. Weil er gegenwärtig nicht ganz zielsicher ist, stößt sein Näschen haarscharf daneben und landet in meinem Ohr. Worauf Sepp einen lautstarken Lachkrampf bekommt und ich kurzfristig um mein linkes Trommelfell fürchte. Schließlich kriegt er sich wieder ein.

„Na da Maxi! Was führt dich in unsere erlauchten Hallen, du oide Wurschthaut!?"

Ich nenne ihm den Grund meines Hierseins, natürlich weiß sein Clan längst über die Ereignisse Bescheid.

„Was I von dir wissen wui, Sepp, is, ob du oder oana von aich irgndwas ghört oder gseng habts, was mit dem Otto Epp zum doa hat."

Ich passe mich sprachtechnisch immer ganz automatisch meinem Gegenüber an. Das ist eine der Eigenschaften, wegen denen ich meinen Job bekommen habe.

„Zum Beispui, wo der herkomma is, ob a alloa war, ob jemand dabei war oder ob eam oana gfolgt is. Vielleicht hat ja sogar jemand den Täter gseng, als a zuagschlagn hat?"

Jetzt ist Sepp plötzlich wieder viel nüchterner, die Gewalttat so nah vor der „Haustür" hat auch ihn und seine Kumpels geschockt. Betrübt schüttelt er den Kopf.

„Von uns hat koana was gseng und mir ham a grad scho die Kameradn vom Marienplatz Säule und die vom Marienplatz Brunnen gfragt. Nix, gar nix. Tuat ma leid."

Mit hängendem Kopf murmle ich ein „Trotzdem dankschee, na muas I jetzt weita, pfiat di Gott" und wende mich zum Gehen.

In die nahen Clans habe ich meine ganze Hoffnung gesetzt. Wo soll ich mit meinen Ermittlungen weitermachen, wenn ich dort nix finde? Die „Ermittlungen" scheinen schon zu Ende zu sein, bevor sie richtig angefangen haben.

Bist'n „toller" Kerl, Maxi ...

„I hab zwar nix gsehn, aber vielleicht hab i was ghört", murmelt der Sepp von hinten, kurz bevor ich im Ausgangsloch verschwinde.

„Woas aber ned, ob des mit dem Epp was zdoa ghabt

hat". Sofort bleibe ich wie angewurzelt stehen und drehe mich um. Wieder hellwach ermuntere ich Sepp zum Weiterreden.

„Heit in alla Herrgottsfria hab i zwoa Leit redn und lacha ghört", sagt er schon etwas lauter. „Die andern ham olle tiaf gschlaffa, aba i hab nomal nausmiassn. Wega dem Bier, woast. Aus „blasenkapazitätstechnischen Gründen" – i bin halt nimma da Jüngste."

„Hast du ghört, aus welcha Richtung die Stimmen komma san?", frage ich aufgregt. „Ob des Männa oda Fraun warn, die da gred ham?

„Ob Mandal oder Weibal, kann i net sagn. Nonet amal, ob da zwoa Leit beteiligt warn, oda mehra. Es war ja nur kurz, dann war glei wieda a Ruah. Und dann hats nomal laut gscheppert. I moan, des Gschrei is vom Nordausgang herkemma. Aus da Richtung Albrechtgassn."

Ich bedanke mich herzlich beim Sepp, bitte ihn, die Inforatte seines Clans mit den Neuigkeiten zu Marktschreier zu schicken und schlüpfe durch das Loch in der Wand zurück in die Ausläufer der mittelalterlichen Ruinen. Dann grabe ich einen alten Durchlass im Boden einer einstigen Küche, den die Menschen bei ihren Buddeleien zugeschüttet haben, wieder auf.

Die Zweibeiner haben erfreulicherweise nicht mitbekommen, dass es darunter ein weiteres Stockwerk gibt, nur ca. einen Meter tief und zwei Meter breit. Von dort haben meine Clanvorfahren einen schmalen Gang nach Westen gegraben, der direkt in die Krypta der Frauenkirche mündet.

Und zwar in die Krypta, wie *wir* sie kennen und die ist viel größer als der kleine Raum mit den schrecklichen Bildern, der für die menschlichen Besucher zugänglich gemacht wurde.

3 In Rattes Namen

In diesen verschachtelten Räumen residiert die einzige Solo-Ratte Münchens, die ich jetzt unbedingt befragen will: Bartholomäus vom Dom. Schon vor längerer Zeit hat er sich von seinem Clan getrennt, um ein Leben der Demut und Kontemplation zu führen – oder, was er darunter versteht. Außerdem ist er steinalt. Sein ehemaliger Clan, der Liebfrauen Clan hat seinen Bau unter der nahen Ettstraße, da um und unter dem Dom zu viele Gräber liegen. Die verbieten sich als Wohnstätte von selbst.

Als ich den riesigen Raum hinter der Krypta betrete, werde ich wie von Geisterhand langsam und fange an zu schleichen. Hier ist es feucht und irgendwie gruselig und ich frage mich, wie man hier freiwillig leben kann. Aber „schakah a son guh", wie der Franzose sagt (jeder nach seinem Geschmack)und wie es unsere Rattenart ist. In der Londoner ISL hatten sie kein Französisch, aber eine der Schülerinnen hat vor Prüfungen immer antike Musicals auf CD konsumiert, dieses hieß „Die Fledermaus" oder so.

Da ich mich in der einschüchternden Atmosphäre der Dom Krypta nicht traue, nach ihm zu rufen, muss ich auf der Suche nach Bartholomäus in jede Ecke und hinter jede Kiste spähen. Und von Letzteren gibt es hier eine Riesenauswahl in allen Größen und Graden des Verfalls. Außerdem stehen und liegen jede Menge hölzerner

Figuren herum, einst mit Ehrfurcht geschnitzt, jetzt verstaubt und vergessen.

Eine eiskalte Hand berührt mich plötzlich von hinten an der Schulter.

„Quiiiiek!! schreie ich panisch und mache gleichzeitig einen Satz nach vorne.

Hastig drehe ich mich um und erblicke eine große Gestalt in einer schwarzen Kutte, aus deren Oberteil mir zwei glänzende Punkte entgegen blinken, die ich mit viel gutem Willen als Augen identifiziere.

„Hallo Bartl, schön dich zu sehen!", stoße ich lauter und forscher hervor, als mir eigentlich zumute ist. Der Typ ist wirklich irgendwie unheimlich. Hab ich schon erwähnt, dass er immer auf den Hinterbeinen geht und steht und dadurch wie ein Riese wirkt, zumindest für uns Ratten?

„Gott zum Gruße, Maxi. Und es heißt „Pater Bartholomäus", so viel Zeit muss sein."

Außerdem habe ich ganz vergessen, dass er einen an der Waffel hat und reichlich pompös ist, denke ich, lasse mir das aber nicht anmerken.

„Grüß Gott, Pater Bartholomäus", schleime ich. „Wie geht es dir?"

Hier ist erst mal Geduld gefragt, an einem Vortrag komme ich da wohl nicht vorbei.

„Ich kann mich nicht beklagen.", entgegnet der selbst ernannte Pater mit tiefer, tragender Stimme.

„Unser Herr schickt mir stets Dombesucher, die am Brunnen ausreichend Nahrung hinterlassen für eine Ratte, die in Genügsamkeit und Demut lebt. Und es gefällt Ihm in seiner Gnade, mich immer noch auf dieser Erde verweilen zu lassen, obwohl in meinem Clan bereits die Kindeskinder meiner Brüder und Schwestern alt geworden sind. Solange ich der guten Sache dienen kann, folge ich freudig meinem Ruf, auch, wenn die Gelenke inzwischen schmerzen von der Kälte und Feuchtigkeit."

„Weißt du eigentlich, dass der Dom Zu Unserer Lieben Frau, unsere Frauenkirche, das Wahrzeichen von München, in nur 20 Jahren fertiggestellt wurde? Eine für damalige Verhältnisse sehr kurze Bauzeit, die nur bewerkstelligt werden konnte, weil in Schichten rund um die Uhr gearbeitet wurde. Die schönen runden Hauben der Türme wurden jedoch erst etwa 45 Jahre später darauf gesetzt."

„Doch genug geplaudert, was führt dich zu mir, Maximilian vom Marienhof Clan? Suchst du Rat oder Trost? Wie kann ich dir helfen, sprich."

„Äh, ich brauche tatsächlich deine Hilfe und bin Gott, äh, dankbar, dass er mich zu dir geführt hat." Oh Mann, hoffentlich überspann ich mein Karma nicht gerade gewaltig.

„Es geht um eine Mission. Ich versuche ein abscheuliches Verbrechen aufzuklären, das sich heut früh am U-Bahn-Eingang Marienhof ereignet hat. Ein Mensch wurde hinterrücks erschlagen. Ich wollte dich fragen, ob du etwas gesehen oder gehört hast – der Sepp vom Donisl Clan hat zwei Menschen reden und lachen gehört."

„Ich mische mich nicht in das Schicksal der Menschen ein. Wenn Gott beschlossen hat, einen von ihnen zu sich zu rufen – wer bin ich, an dieser Entscheidung zu rütteln", entgegnet Pater B. in seiner würdevolldistanzierten Art. Soweit ich das jedenfalls an seiner Stimme erkennen kann, denn sein Gesicht und seine Augen kann ich im Schummerlicht unter seinem Kingsize Kapuzenshirt nicht wirklich sehen. Oh Mann, das wird eine harte Nuss.

Hastig durchforste ich mein Gehirn auf der Suche nach Argumenten und Infos zu Kirche und Glauben. Und das bei einem 2:1 Verhältnis Staub zu Sauerstoff in der Atemluft.

„Aber ein Gebot Gottes wurde gebrochen! Das beinahe wichtigste Gebot: Du sollst nicht töten!", bringe ich im Brustton der Entrüstung und nicht ohne Stolz hervor.

„Muss ein Mann der Kirche da nicht eingreifen?"

Jetzt danke ich Gott wirklich, denn Bartl schlägt die Kapuze zurück, so dass ich sein Gesicht sehen kann und endlich das Gefühl habe, eine lebende Ratte vor mir zu haben anstatt eines Phantoms.

Allerdings sieht das Gesicht, das jetzt mir gegenüber aus der Kutte lugt, so lebendig auch wieder nicht aus. Es wirkt sehr grau und ausgezehrt. Zumindest das mit der Genügsamkeit scheint zu stimmen. In Bartls roten Augen flackert Unsicherheit. Für den Moment weiß er nicht, was er antworten soll.

Hah! Treffer!

„Der Verstoß gegen Gottes Gebot ist ein schweres Vergehen. Doch Er wird selbst dafür sorgen, dass der Täter bestraft wird. Mein ist die Rache, spricht der Herr", verkündet der Pater schließlich.

Treffer, aber noch nicht k.o …

„Für seine Rache bedient sich der Herr aber doch oft seiner irdischen Diener", werfe ich meinen letzten Trumpf in die Pfanne und brutzle Pater B. ein Argument, dem er – wetten! – nicht widerstehen kann:

„Vielleicht bist *du* diesmal *Sein* Erfüllungsgehilfe".
Pause.

Schließlich neigt Bartholomäus demütig das Haupt.

„Vielleicht hast du Recht und es ist der Wille unseres Herrn, dass der, welcher gesündigt hat, bestraft wird und ich Nichtswürdiger das Werkzeug dieser Sühne bin.

SEIN Wille geschehe."

Treffer – versenkt.

Demut kann manchmal ganz schön selbstgerecht daherkommen.

Wie sich gleich herausstellt, hat sich meine Mühe gelohnt. Da er um die fragliche Zeit auf Nahrungssuche am Frauenplatz-Brunnen war, hat Bartl definitiv etwas gehört und sogar gesehen, wenn auch altersbedingt verschwommen: zwei Menschen, die – kurz nach dem Drei-Uhr-Schlagen der Kirchenglocke – Richtung Rolltreppe gegangen sind, nebeneinander, und sich zunächst recht angeregt unterhielten.

Als der Pater anschließend mit dem Rücken zum Marienhof die steinernen Sitzreihen am „Wasserpilzbrunnen" nach Essbarem abschnüffelte, hat er akustisch mitbekommen, dass es plötzlich still wurde. Dann war kurze Zeit gar nichts zu hören. Dann ein dumpfer Knall, dann Stille.

Da Pater B. inzwischen auch nicht mehr die besten Lauscher hat, ist er sich nicht sicher, ob die zweite Stimme die eines Mannes war, oder die einer Frau. Eine davon war aber sicher männlich, weil sehr tief.

Ich stelle mit Pater B. zusammen eine der Dankeskerzen auf dem dafür vorgesehenen Podest im öffentlichen Teil der Krypta auf (unangezündet, weil wir Ratten es mit Feuer nicht so haben). Drei Vater Unser und sechs demütige Verbeugungen später (fünf in Richtung Altar, eine vor Pater Bartholomäus vom Dom …) verlasse ich gedankenverloren die Ausläufer der Frauenkirche.

Ich wandere ziellos in unterirdischen Gängen und still gelegten Rohrleitungen umher, weil mir die ungewöhnlich vielen Ereignisse der vergangenen Stunden gerade in ihrer geballten Macht geistig um die Ohren fliegen. Ich muss sie erst mal sortieren.

Also, fassen wir zusammen: Otto Epp, OB-Kandidat der „Naive für München", ist tot – erschlagen mit einem stumpfen Gegenstand, kurz vor der Wahl. Oberkommissarin Lisi Moosgruber meint, dass es ein politischer Fall ist. Heißt das, dass das Motiv für den Mord evtl. im Umfeld der Konkurrenten von anderen Parteien zu suchen ist?

Andererseits hat am Tatort doch irgendeiner etwas von Raubmord gesagt. Richtig – der Tote ist ja ausgeraubt worden, Brieftasche weg, Ring weg. Gegen einen solchen Überfall, der doch eigentlich hinterrücks von einem Unbekannten geschehen sein müsste, spricht, was der Sepp und Pater B. gehört bzw. gesehen haben. Wenn das Opfer und der/die Unbekannte sich vor der Tat eine Weile ruhig unterhalten haben und friedlich nebeneinander her gegangen sind, müssen sie sich doch gekannt haben.

Natürlich wäre auch möglich, dass der Täter sein Opfer erst mal harmlos angesprochen hat. Aber man plaudert doch nicht mitten in der Nacht auf einsamer Straße entspannt mit einem Unbekannten, oder? Nein, nein, mein (halb-!) rundes Rattenbäuchlein sagt mir: Das war kein Raubmord. Da steckt mehr dahinter.

Das heißt, als Mörder kommen in Frage: 1. ein unbekannter Raubmörder (ist natürlich trotz Bauchgefühl nicht auszuschließen); 2. ein politischer Konkurrent; 3. jemand aus der Familie (aus dem kriminalistischen Seminar weiß ich, dass Familienmitglieder immer erst mal Hauptverdächtige sind); 4. sonstige Personen, die mir bisher noch nicht in den Sinn gekommen sind.

Und da liegt genau mein Problem. Wie um Gottes Willen soll ich rausfinden, wie die Verdächtigen heißen und wo sie wohnen? Denn ich muss sie persönlich sehen und hören bzw. observieren und, wenn möglich, in ihrer natürlichen Umgebung erleben.

Vor mich hin grummelnd hocke ich mich hin, wo ich gerade bin und beginne mit bereits erwähnter Tätigkeit, die wir Säuger seit Anbeginn unserer Zeit auf diesem Planeten ausüben, wenn wir in der Zwickmühle sind oder einfach nicht weiterwissen: Ich fange an, mich zu putzen.

Ablenkung ist bei verknoteten Gehirnwindungen ein gutes Lösungsmittel. Nach exakt dreizehn Minuten Fell-/Ohren-/Schnauzenpflege kommt mir die zündende Idee.

Die Löwengrube!

Das heißt, das in selbiger Straße befindliche Polizeipräsidium. Bekannt aus der gleichnamigen Kult-Krimiserie von 1989 und in Bayern einfach *le-gen-där*! Oberkommissarin Lisi Moosgruber und ihre Kollegen Cem Kurnaz und Andreas Schimanns haben alle Informationen, die mir fehlen. Ich muss also einfach (?!) ins Polizeipräsidium rein und dort – wie in der ISL – die Computer anzapfen. Da ist alles drin, was ich wissen muss. Nicht nur Personendaten, sondern auch die Ergebnisse von der Spusi.

Zu dumm, dass es da keinen unterirdischen Zugang gibt. Ich muss also an der Oberfläche nach einem Eingang suchen, z.B. nach einem gekippten Fenster oder so. Das geht natürlich nur, wenn es draußen dunkel ist und keine Menschen unterwegs sind. Sowieso kann ich an die Computer auch nur nachts, wenn keiner mehr da ist. Also tippele ich erst mal in den Bau zurück. Ich freue mich jetzt, nach all der Aufregung, auf eine Mütze voll Schlaf. Kann ich auch brauchen, weil ich ja nachts investigationstechnisch unterwegs sein werde.

Freilich informiere ich zunächst Marktschreier über die Neuesten Nachrichten. Der weiß natürlich schon über mein Treffen mit Sepp Bescheid, nicht aber über das Gespräch mit Bartl. Von Marktschreier erfahre ich, dass die Ausgangssperre inzwischen wieder gelockert wurde. Von Alarmstufe 4 auf 2. Alarmstufe 1 herrscht praktisch immer, ist Normalzustand für die Ratte in der Großstadt.

Bis ich zu meinem wohlverdienten Schlafplatz komme, werde ich noch von fünf Clanmitgliedern angesprochen:

„Toller Job, Maxi!";
„Ich wünsch dir viel Glück bei deinen Ermittlungen, Maxi!";
„Kann ich ein Autogramm haben?".

Letztere Bemerkung stammt von Emma, unserem derzeit jüngsten Clanmitglied. Sie hat die Geburtsnacktheit noch nicht ganz überwunden, ihr Fell ist noch recht dünn. Aber sie trägt den Mini-Brillanten im Ohr, der bei der Flucht der Juwelenräuber aus der Maximilianstraße runtergefallen ist. Und sie klimpert bereits heftig mit ihren nicht vorhandenen Wimpern. Vergebliche Liebesmüh, Süße …

Ich erinnere sie daran, dass sie gar nicht lesen kann und düse los in Richtung Kammer 1. Das ist der Nachteil, wenn du in einer großen Sippe lebst. Es ist toll, mittendrin zu sein und voll zum Großen Knäuel zu gehören – aber wenn du deine Ruhe haben willst …

Kaum, dass ich Kammer 1 betrete, bremse ich ab und schleiche leise weiter, weil hier schließlich immer ein paar Clanmitglieder pennen. Man hat ja schließlich Manieren. Ich will mich gerade zu ihnen gesellen, da höre ich eine wohlbekannte, rasch näher kommende Stimme meinen Namen rufen:

„Mahgsi, Mahgsi! Bis du da, mon ami?! Mahgsi! Da bis du ja! Carmen – sie iste une bête, ein Unge'euer!" Offensichtlich ist nicht allen von uns die Fähigkeit zur Rücksichtnahme gegeben …

Das ist Armand. Meine einzig wahre, ewige, unerwiderte große Liebe. Und auweia, er hat wieder

Katastrophenalarm mit seiner Dauer-Stress-Freundin Carmen.

Um es gleich zu beichten: Ja. Ich bin nicht nur so dusselig, mich als Homo unsterblich in einen 200prozentigen Hetero zu verlieben. Ich bin auch noch so unsagbar dämlich, als sein bester Freund ständig den Beziehungsberater für ihn zu geben. Für seine – und gegen meine – Interessen. Aber, was soll ich tun. Ich liebe ihn nun mal, ohne wenn und aber. Seit er vor einer gefühlten Ewigkeit als Praktikant aus Südfrankreich zu uns gekommen und – wegen Carmen – geblieben ist.

Wir suchen uns ein Plätzchen in Kammer 3, fernab von irgendwelchen Schläfern. Dort schüttet Armand sein Herz aus.

„Mahgsi, sie ist mit diesöm jungön Ratter aus Milberts'ofen susammen, isch schwör's dir! Diese 'ure! Diesmal 'at sie es su weit getriebön! Diesmal mach isch Schluss mit ihr! Und wenn mir dieser Börrek, oder wie er 'eißt, über den Weg läuft …" „Berkan", werfe ich ein. „ Wenn isch diesen Typ erwische, mach isch ihn blatt!"

„Armand, mein Schatz, du kennst sie doch. Sie braucht halt ziemlich viel Selbstbestätigung. Sie flirtet eben für ihr Leben gerne rum. Da ist doch nichts dahinter", versuche ich ihn zu beruhigen.

Aber mal ehrlich: Die Frau ist zwar optisch eine Wucht (wenn ich hetero wäre, hätte ich mich sicher auch in sie verknallt), aber als die Hormone verteilt wurden, hat sie nicht nur in der ersten Reihe gestanden, sondern schon vor Ladenöffnung den Wühltisch geplündert!

Doch aus leidvoller Erfahrung weiß ich, dass es überhaupt keinen Sinn hat, Armand diese Realität nahe zu bringen – weder schonend, noch mit dem Vorschlaghammer. Er mag nämlich noch so wütend auf sie sein, sobald seine Carmen von jemand anderem als ihm selbst kritisiert wird, verteidigt er sie wie ein Löwe.

Tja, Liebe macht eben blind – ich bin schließlich der Beweis dafür. Nein, falsch. Ich bin nicht blind vor Liebe. Ich handle sogar sehenden Auges gegen meine eigenen Interessen! Damit bin ich nicht blind, sondern blöd. Und da mir auch das bewusst ist, bin ich doppelblöd. Maxi, der Doppel-Depp.

„Du meinst wirklisch, dass sie nur mit ihm flöhrtet? Mahgsi, meinst du das wirklisch? Isch brauche Gewiss'eit, Mahgsi. Du muußt das für misch 'errausfindön. Isch kann dem Knabön nischt selbst gegenübertretön, sonst passiert ein Uunglück! Tust du das für misch, Mahgsi? Isch bitte disch!"

„Isch weiß, dass isch suviel von dir verlangö", fügt Armand jetzt ganz leise hinzu und senkt betreten sein wunderschönes Haupt. „Es muss eine Ssumutung für disch sein. Wenn man deine Gefühle für misch bedenkt, geht es dir mit mir nischt anders als mir mit Carmen…".

„Unsinn, Armand, das macht mir nichts aus. Ich freue mich, wenn ich dir helfen kann."

Wen, verdammt nochmal, will ich *davon* überzeugen?!

„Ich schau mal bei Berkan vorbei und checke, was da los ist zwischen den beiden.

Du wirst sehen, alles löst sich in Wohlgefallen auf."

Eine halbe Stunde der Trostworte später ist Armand gegangen und ich komme wieder zu klarem Verstand. Verdammt! Wie konnte ich ihm nur versprechen, dass ich Carmens neuen Stecher ausspioniere, wenn ich doch mit meinen Ermittlungen beschäftigt bin. Wieso kann ich einfach nicht nein sagen, wenn Armand mich um etwas bittet – bei allen anderen fällt mir das ja auch nicht so schwer!

Bevor ich mich aber um das ausschweifende (im wahrsten Sinne des Wortes …) Liebesleben von Carmen kümmern kann, muss ich erst mal schlafen und dann der Löwengrube meinen Besuch abstatten. Schließlich ist die Spur bei einer Mordermittlung – wie ich aus meinen ISL-Vorlesungen weiß – in den ersten 48 Stunden am heißesten.

4 Das Rattenmännchen und die Kommissarin

Wer hätte gedacht, dass es so einfach sein würde? Ich bin jetzt tatsächlich ins Gebäude des Polizeipräsidiums an der Münchner Löwengrube eingedrungen und gerade dabei, das Büro der Oberkommissarin zu suchen. Eigentlich hab ich das Gebäudekarree ja vom Frauenplatz bzw. der Augustinerstraße aus betreten.

Aber das Polizeipräsidium München liegt an der Löwengrube, das weiß hier jeder!

Im Präsidium herrscht um diese mitternächtliche Uhrzeit totale Stille, alle sind heim gegangen. Es ist schon extrem vorteilhaft, wenn man als Kleintier in ein ziemlich altes Gebäuden eindringen will. Früher haben sie nämlich noch diese superbreiten Lüftungsrohre eingebaut ohne moderne Filtertechnik, die ich bequem entlanglaufen kann. Gott sei Dank für die Sparsamkeit des Freistaates und der Stadt München.

Mittels Stemmtechnik bin ich inzwischen, leicht schnaufend, im ersten Stock angekommen. Ich glaube nämlich, dass die Büros der wichtigeren Beamten nicht im Erdgeschoß liegen. Und Oberkommissarin ist doch wohl schon was. Das ebene Rohr, durch das ich jetzt laufe, hat in Abständen immer wieder kurze oder längere Abzweigungen, die jeweils an einem runden Gitter enden. Bisher haben sie in mehrere Räume gemündet, die alle nach Büros ausgeschaut haben.

Was mir hier zu Gute kommt, ist, dass wir Ratten praktisch im Dunklen sehen können, sofern von irgendwo her auch nur der geringste Lichtfunke hereinfällt. In einer Großstadt mit unzähligen Laternen und Gebäuden mit großen Fenstern kein Problem.

Schon mehr Sorgen macht mir jetzt, wie um alles in der Welt ich Frau Moosgrubers Zimmer erkennen soll. Nach der fünften Büro-Sackgasse fange ich schon an zu verzweifeln, als das Glück mir hilft: Der nächste Seitengang ist sehr kurz und führt, leicht abwärts, auf einen Gang hinaus. Ich erkenne, dass vor den Bürotüren kleine Schilder angebracht sind. Ich überlege noch, wie ich es anstellen soll, die Winzschrift von hier aus zu lesen, da sehe ich ein paar Meter weiter eine große Tafel an der Wand.

Mit zusammengekniffenen Augen kann ich entziffern: „Kriminalfachdezernat 7 - Wirtschaftskriminalität / Korruption / Betrug / Kartenkriminalität". Das steht in großen Buchstaben oben auf der Tafel und bedeutet, dass ich mich im falschen Stockwerk befinde.

Und es bedeutet auch, dass ich ins Erdgeschoß zurück muss, dorthin, wo vermutlich eine Übersichtstafel hängt, in welchem Stock welches Dezernat arbeitet. Sonst bin ich hier oben noch eine Woche unterwegs.

Mist, verdammter – da hätt ich auch gleich dran denken können!

Mit schon deutlich schlechterer Laune haste ich also zurück nach hinten, nach rechts, nach unten und finde nach einigem Suchen die Tafel. Leider ist die lüftungsrohrnutzerunfreundlich angebracht. Ich muss das Rohr also verlassen.

Nicht nur, dass ich ein Eisengitter überwinden muss. Ich muss danach auch meine Deckung verlassen und einige Zeit mitten auf dem Fußboden in einem Menschengebäude sitzen, direkt auf dem Präsentierteller.

Unsereins hält sich eben viel lieber in kuscheligen Gängen oder dunklen engen Räumen auf oder huscht an schützenden Mauern entlang und hält sich *nicht* so gerne z.B. mitten auf dem Trottoah auf (bayrisch-französisch für „Gehsteig") Wenn ich hier aber weiterkommen will, muss ich die mir angeborene Nager-Paranoia überwinden!

Das Gitter erweist sich – wie schon bei meinem Einstieg an der Gebäudeaußenwand – als geringes Problem. Zumal es so alt ist wie das Gebäude und die Bezeichnung „Metall" nicht mehr wirklich verdient. „Rostraster" würde es eher treffen.

Meine Deckung zu verlassen, kostet mich schon viel mehr Überwindung.

Ich lege mir mental den Satz zurecht:
„Das Gebäude ist leer!"
Und wiederhole ihn mantraartig, während ich schnell über den marmornen Boden husche und zitternd vor der Tafel zum Stehen komme.

„Jessas Maria!" Des san ja 1000 Abteilungen! Da blickt ja koa Sau mehr durch!!", quieke ich meinen Unmut über das schier endlose Verzeichnis hinaus.

Wo soll ich da nur meine Oberkommissarin finden! Und das auch noch, bevor mein Fluchtinstinkt über die Entschlossenheit siegt!

Also los, es hilft ja nix: „Erdgschoß, Abteilung Personal … Beamtenrecht … Dienstpostenbesetzung" – hmm, passt wohl nicht so ganz. „Erster Stock, Abteilung Versorgung … Kostenwesen … Büroausstattung … Kraftfahrzeuge" –   schon gar nicht.

„Omm, das Gebäude ist leer! Omm, das Gebäude ist leer!".

„Zweiter Stock, Abteilung Einsatz … Region Mitte, Ost, West …

„Omm, das Gebäude ist leer! Omm, das Gebäude ist leer!".

Ich vibriere vor Aufregung so stark, dass die Buchstaben vor meinen Augen hin- und her tanzen und ich ziemlich lange brauche, bis ich die Wörter entziffert hab.

„Dritter Stock, Kriminalpolizei … Kriminalfachdezernate …". Klingt schon besser. „ … Betrug … Einbruchs- / Kfz-Kriminalität".

Bingo!

„Kriminalfachdezernat 1 - Tötungs- / Brand- / Sexualdelikte"! Superschneller Abgang in Richtung Röhre.

Ins Rohr rein, rauf, rauf, rauf (uff!), rüber bis zur Gangtafel im dritten Stock. Glücklicherweise kann ich auf die Entfernung gerade noch die Büronummer der Oberkommissarin lesen, aber auch nur, weil ich ihren Namen zu erkennen glaube. Als ich die richtige Querröhre dann gefunden habe, bin ich schon so k.o., dass ich erst mal einige Minuten hechelnd vor dem Gitter am Ende der Sackgasse kauere.

Dann schaue ich durchs Gitter auf den einzigen Schreibtisch in dem kleinen Raum und mich trifft fast der Schlag.

Völlig bewegungslos, ohne Licht und ohne ein Geräusch zu machen, sitzt eine Person auf dem Schreibtischstuhl, mit dem Gesicht starr nach vorne auf einen dunklen Bildschirm gerichtet. Ich sehe sie zwar nur von schräg hinten, aber ich erkenne sie trotzdem.

Es ist Lisi Moosgruber.

„Ommm!?" … „Das Gebäude ist leer!!??"

Nach einer gefühlten Stunde hat sich mein Herzschlag wieder beruhigt und ich wage wieder zu atmen. Lisi hat sich seitdem nicht gerührt. Sie hat die Hände hinter dem Kopf verschränkt, ihre Ellbogen stehen links und rechts nach oben weg. Jetzt erkenne ich, dass sie nachdenkt. Sie senkt langsam eine Hand auf die PC-Maus und der Bildschirm erwacht gleißend zum Leben. Die Log-in Seite erscheint mit der Aufforderung an die Oberkommissarin, ihren Benutzernamen und ihr Passwort einzugeben.

Voll konzentriert verfolge ich die Buchstaben und Zahlen, die Frau Moosgruber jetzt rasch eingibt – rasch, aber nicht schnell genug für ein Lebewesen, dessen Herz im Ruhezustand 450 bis 500mal pro Minute schlägt. Eine mit Text beschriebene Seite erscheint.

„Befund der Spurensicherung im Mordfall Otto D. Epp." steht oben drüber.

Jetzt zeigt sich, dass enge Büros ganz unerwartete Vorteile haben können. Weil sich nämlich die Wände und damit die Ausgänge der Lüftungsschächte nahe an den Schreibtischen befinden. Da sich meine Wand glücklicherweise *hinter* Lisis Schreibtisch befindet, heißt das, dass ich jedes Wort genau lesen kann.

Allzu viel bringt mir das allerdings nicht, weil anscheinend kaum Spuren bei und an der Leiche gefunden wurden. Korrektur, kaum verwertbare frische Spuren. Unzählige DNA-Bruchstücke, aber keine von Personen aus Epps Umfeld, halb vergammelte Essens- und Getränkereste, Spucke, Urin, etc. – igitt!!

Als einzig deutlich aktuelle Fundstücke stehen hier: „Tasthaar eines Nagetiers" und „ein paar Semmelbrösel mit Tierspeichel".

Scheibenkleister!

Es klopft an der Tür und schon wieder setzt meine Pumpe einige Schläge aus. Wenn das so weitergeht, krieg ich bei dieser Ermittlung noch einen Herzkaschperl, wie der Bayer sagt. Es ist Cem Kurnaz.

„I wollt grad hoamgeh, da hab i in deim Büro no Licht gsehn", wendet er sich an seine Vorgesetzte. „Lässt dir der Fall auch kei Ruh? Die Vernehmung vom Bruder und da Schwester vom Epp ham ja echt nix bracht. Da is meiner Meinung nach kei Motiv in Sicht."

„Die wohnen als Gschwister zamm in a oidn Villa in Grünwald, die am Otto Epp ghört hat und wo er a mit gwohnt hat. Aba von seim Tod profitierns gar nix. Dass da Epp, ohne Frau und Kind wiera war, sei Geld und ois, was a hat, nach seim Tod den ganzen Wohlfahrtseinrichtungen vermacht hat, wo a Mitglied war, hat a jeder gwusst. Edel, aba ah werbewirksam, wennst mi fragst …

Sei Villa is die oanzige Ausnahm, die kriagn die Gschwister je zur Hälfte. Is aba eher renovierungsbedürftig, der oide Kastn."

Ah ha, auch der Cem spricht also bayrisch, wenn Einheimische unter sich sind. Und ich bemerke noch etwas anderes. Unser super leistungsfähiges Ratten-Näschen habe ich ja schon erwähnt (ja mei, da bin ich halt stolz drauf …). Ich kann Emotionen riechen, bei allen Säugetieren, auch den menschlichen, selbst kleinste Spuren davon:

Wut, Angst, Erregung, Freude, Panik.

Jetzt rieche ich Testosteron, gemischt mit Nervosität. Praktisch literweise. Cem ist in Lisi verliebt.

Allerdings zeigt sich das in keiner Weise in seiner Sprache oder Haltung. Da soll einer schlau draus werden.

„Stimmt, so schaugts zumindast aus", meldet sich jetzt die Lisi zu Wort. „Und on an Raubmord glaub i a net. Nach dem, was da Zeuge vom Silbergschäft sagt. Der hot ja im Gschäft übernacht, weis am Abnd vorher bei da Abrechnung so spät worn is. Wenn da wirklich no oana dabei war und die zwoa sich a Zeitlang „vertraut" unterhaltn ham – des duat ma net mit am Fremdn, alloa und mittn in da Nacht. Scho dreimoi net ois prominente Person, die jo imma Feinde hot."

Es ist mal wieder Zeit für eine kleine Stolzattacke meinerseits…

„Morgn nehm ma uns seine Kollegn und die Konkurrenten im Wahlkampf vor. Da kumma jetzt nimma drumrum. Ab zwoa hab i's reinbstellt. I mächt, dass du dabei bist und a der Andi. Sag eam bitte Bescheid."

Lisi seufzt und eine kleine Pause entsteht.

Eine Pause, die sie – bewusst oder unbewusst – bereit hält für ihren Gesprächspartner.

Eine Pause, die Du, Cem, nutzen solltest, um ihr vorzuschlagen, nach diesem langen Arbeitstag noch kurz zusammen einen trinken zu gehen! Sie ist zwar nicht so verknallt in Dich, wie Du in sie, aber sie findet dich interessant und attraktiv, vertrau auf meinen Riechkolben!

Aber eine Frau wie die Lisi, selbstbewusst und gut aussehend mit ihren knapp übers Ohr reichenden, fetzig geschnittenen schwarzbraunen Haaren und den paar frechen Strähnen, die ihr fast in die Augen hängen. Die will klare Ansagen! Außerdem ist sie deine Chefin. *Du* musst den ersten Schritt tun.

Jetzt mach schon, Cem!

Lass die Gelegenheit nicht verstreichen! Noch steht sie auf dich, aber die wartet nicht ewig!

Warum ich mich da jetzt so emotional engagiere, versteh ich selber nicht. Wahrscheinlich, weil meine eigene Liebe so chancenlos ist. Da kann ich sowas bei anderen nicht auch noch ertragen.

Ich brauche wenigstens in meinem Umfeld Happy Ends.

Aber Cem steht nur dumm da und glotzt Lisi an wie ein Ölgötze. Schließlich sagt sie „dann guat Nacht" zu ihm und dreht sich wieder zu ihrem Bildschirm um.

Mit einem gehauchten „schlaf guat" und leisem „Klick" schließt Cem die Tür.

Mir steht jetzt der langweilige Teil ermittlerischer Tätigkeit bevor, das Warten. Während ich mich in meiner Rohrmündung bequem ausstrecke – freilich ständig Lisi im Blick – richte ich mich auf eine lange Nacht ein. Gut, dass ich vorgeschlafen hab! Dass mir hier die Augen zufallen und ich erst morgen früh aufwache, wenn das Gebäude voller Polizeibeamter ist, von denen einige vielleicht vierbeinig sind und eine Drogen-Erschnüffel-Ausbildung hinter sich haben, wäre echt der GAU.

Dummerweise hab ich zwar vorgeschlafen, aber nicht vorgegessen. Tatsächlich hab ich seit der F-Semmel gestern früh überhaupt nicht mehr ans Essen gedacht, vermutlich wegen der ganzen Aufregung. Dafür meldet sich mein Magen jetzt um so heftiger zu Wort und zwar deswegen, weil die gute Lisi grad den Deckel einer kleinen Plastikschüssel öffnet, die bis eben unbeachtet neben dem Locher am oberen Rand ihres Schreibtischs gestanden hat.

Die Duftspur (bzw. Duftautobahn!), die mir in die Nase steigt, verkündet: Kräuterfrischkäse mit Tomaten-, Gurkenscheiben und Feldsalatblättchen auf Roggenvollkornbrot.

Oh. Mein. Gott.

Die Frage aller Fragen ist jetzt, ob Menschen das Magenknurren einer Ratte hören können.

Sie können nicht. Sonst wären längst zwei riesige, weit aufgerissene braune Augen in meine Richtung geschossen. Uff! Erleichtert schlucke ich mehrmals hintereinander leer, denn auch wenn mein Hirn kapiert hat, dass dieses Fresschen nicht meines ist, weiß das mein Magen noch lange nicht. Schließlich legt Lisi das zur Hälfte gemampfte

Brot zurück in die offene Dose. Sie hat den PC
heruntergefahren, nachdem sie eine Zeitlang scheinbar
wahllos verschiedene Dateien aufgerufen und Dokumente
überflogen hat.

Jetzt packt sie ihr Handy in einen kleinen schicken
Rucksack, steht auf und nimmt die schwarze Lederjacke
von der Lehne des Schreibtischstuhls. Dann verlässt Lisi
ihr Büro. Ich lausche ihren sich entfernenden Schritten
noch eine ganze Weile und horche, nachdem sie
verklungen sind, intensiv auf andere nächtliche
Geräusche.

Nur vereinzelt in der Ferne aufheulende Automotoren,
das Geklapper von Schuhen auf Asphalt und die Stimme
eines Führers der täglichen Nachtwächtertouren durch die
Münchner Innenstadt sind zu hören. Der erklärt gerade,
dass sich an der Ettstraße 2-4, das auch zum
Gebäudekomplex des Polzeipräsidiums gehört, früher ein
Augustinerkloster befunden hat.

Interessant. Hab ich auch noch nicht gewusst!

Nachdem ich Lisis Passwort eingegeben hab, ist die
Akte Epp nicht schwer zu finden. Das Mädel hält
vorbildliche Ordnung, muss man schon sagen. Wenn ich
da an einige von den Londoner Schülerinnen denke …

Nach der Zeugenaussage vom Betreiber eines dem
Tatort nahen Silbergeschäftes über zwei Männerstimmen,
die sich zur Tatzeit „einvernehmlich und mit
gelegentlichem Gelächter unterhalten haben, bis es einen
dumpfen Knall gegeben hat, nach dem dann Ruhe
herrschte", nehme ich mir zuerst das Ergebnis der
Autopsie und den Bericht über das Leben des Toten vor.

Todeszeitpunkt zwischen 3:00 und 3:30 Uhr. Hah! Sein Alter hab ich mit 46 genau getroffen! 1,1 Promille, hmm, da hab ich mich verschätzt, aber nur ein bisserl. …

Mageninhalt: Hendl, Kartoffelsalat, Bier, Kuchen … An den Händen: Spuren eines Feuchttuchs mit Zitrusaroma zum Abwischen von Fettresten – ah, daher der Zitronengeruch!

Todesursache: Stumpfes Schädeltrauma mit Gehirnblutung durch tiefe Wunde am Kopf, hervorgerufen durch einen stumpfen Gegenstand aus blauem Glas. Die schreiben hier, dass es nur *ein* Schlag war, der Epp getroffen hat. Heftig, aber nicht unmittelbar tödlich. Epps Pech war, dass durch den Hieb ein paar Adern geplatzt sind – die letztendliche Todesursache.

Hmm, klingt so, als habe der Täter Epp nicht unbedingt töten wollen. Sonst hätt er doch öfter zugeschlagen, oder?

Die Delle rund um den Finger ist ihnen auch aufgefallen, wusste ich ja schon. Da war vorher tatsächlich ein Ring dran … kleiner Finger der linken Hand … 333er Gold und relativ schmal … Hmm, Ring weg, Brieftasche weg, nix Neues.

Heh, das ist interessant:
Die Leiche wurde kurz nach dem Tod bewegt. Sie haben eine Schleifspur gefunden. Bedeutet, dass der Mord direkt vor dem U-/S-Bahnzugang Marienhof passiert ist und der Täter die Leiche dann hinter das Mäuerchen links neben der abwärts führenden Treppe gezogen hat. Vermutlich, damit die Leiche nicht so schnell entdeckt wird. Kleine Splitter desselben Glases wie in der Kopfwunde wurden

zusammen mit dem Blut des Toten nahe dem vermuteten Tatort gefunden.

Sieht eigentlich nach einem Raubmord aus, find ich. Aber wenn Epp und sein Mörder sich bis zu dem Schlag – denn das war es doch wohl, was der Bartl und der Silbergeschäftsmann gehört haben – gut unterhalten haben, dann müssen sich die beiden doch gekannt haben.

Auch Menschen sind mitten in der einsamen Nacht einem Fremden gegenüber nicht so vertrauensselig, oder? Das seh ich so wie die Lisi. Und wenn der Epp sich mit einem Dritten unterhalten hätte, hätte der doch den Mord mitgekriegt. Warum meldet er sich dann nicht bei der Polizei?

Mein Gott, ist das kompliziert! Schon bei einem so winzigen Punkt!

Wie soll man da erst einen ganzen Mörder finden!

Aber weiter im Text: Otto war bis kurz vor 3 Uhr morgens bei einem Kollegen von seinem Fußballverein in der Schäfflerstraße bei einer kleinen Feier anlässlich ihres aktuellen Sieges beim alljährlich stattfindenden Turnier der Münchner Stadtteilfußballvereine zugunsten der „Aktion Sonnenschein".

Weil er gleich in der Früh um 8 einen Pressetermin in der Parteizentrale der Naiven für München, direkt am Stachusrondell, ausgemacht hatte, wollte Epp nicht zwischendrin wieder heim nach Grünwald fahren. Ja, das kann man verstehen. Epp hatte deswegen schon vorgeplant, auf der Couch in der Parteizentrale noch eine Mütze voll Schlaf zu nehmen und dann dort zu duschen und sich umzuziehn. Ein Ersatzanzug plus Hemd etc. hing dort immer bereit, für solche Fälle eben.

Hmm, das erklärt, warum Otto um diese Uhrzeit zur S-Bahn wollte … Die zwölf Fußballkameraden geben sich gegenseitig ein Alibi. Wenn Epp sich nicht so viel Hass zugezogen hat, wie einst Mr. Ratchett in „Mord im Orientexpress", sie ihn also nicht „wie 12 ordentlich gewählte Geschworene" kollektiv ins Jenseits befördert haben, fallen die FC-Brüder als Täter schon mal weg.

Wow! Otto scheint ein Gesundheitsapostel gewesen zu sein … Lunge rauchfrei, Leber völlig in Ordnung, alle Organe super gesund, Körper gut durchtrainiert, relativ jugendlich für sein Alter.

Was sagt der Lebenslauf? Abitur mit 1,0, Jurastudium, Doktortitel summa cum laude (laut Duden online: „Mit höchstem Lob – bestes Prädikat bei der Doktorprüfung"), eigene Anwaltspraxis, … nicht verheiratet, keine Affären, keine Kinder – warst du auch schwul, Otto? Lebte immer noch in seinem Elternhaus (Eltern vor 25 Jahren bei einem Autounfall gestorben), zusammen mit seinen Geschwistern, Gustav (42) und Gudrun, 39.

Ach du lieber Scholli, der Typ war ja in jedem verdammten Verein diesseits des Rio Grande!

Mitglied bei „Anwälte ohne Grenzen", mehrfacher Pate bei PLAN International, Schriftführer im Jodelclub von München-Moosach, Trainer der Jugendmannschaft des FC Milbertshofen, regelmäßiger Helfer beim Weihnachtsfest für Obdachlose der Inneren Mission München sowie bei der Aktion „Essen für alle" der Münchner Caritas, passives Mitglied und regelmäßiger

Spender bei Welthungerhilfe, Bund Naturschutz, Rotem Kreuz, kauft ab und zu Werke junger unbekannter Künstler ...

Als OB Kandidat ist Otto übrigens nur zugelassen worden, weil er seinen „Lebensmittelpunkt" mit all den Vereins- und Sozialaktivitäten in der Landeshauptstadt hatte. Grünwald gehört ja nicht zum Stadtgebiet, sondern zum Landkreis München. Und OBs müssen traditionell in der Stadt wohnen. Eine Ausnahmegenehmigung also für den hyper engagierten Epp.

Des wird mir jetzt zuviel. Muss das so, wenn man OB werden will, sich bei jedermann „lieb Kind" machen? Oder haben wir es hier mit einem echten Menschenfreund zu tun – solls ja geben?

Mir ist jetzt außerdem flau im Magen. Ach ja, hab seit heut in der Früh nix mehr gegessen. Ich schiele nach rechts ans obere Schreibtischeck, wo Lisi den kleinen Rest ihrer Schmackofatz-Brotzeit hat liegen lassen.

„Denk nicht mal dran!", ermahne ich mich.

Da stehn noch ein paar extra Infos. Otto hat alles an die Vereine vermacht, die oben stehen: Anwälte ohne Grenzen, PLAN, Jodelclub ... Caritas, hm weiß ich ja schon von meinen Polizeikollegen. Hat kürzlich eine kleine Erbschaft gemacht, Tante Paula Epp-Weiser hat ihm ihren alten Ehering vermacht, Wert 50 Euro und allen Geschwistern je 1000 Euro in Wertpapieren, naja, nicht eben üppig. Alles keine Beträge, wegen denen jemand einen Mord begehen würde.

Ich beschließe, mir schnell noch die Vernehmungsprotokolle von Brüderlein und

Schwesterlein zu Gemüte zu führen und dann für heut Schluss zu machen. Langsam strengt mich auch das Lesen an, ich glaub, ich bin auf dem linken Auge ganz leicht kurzsichtig, vielleicht so 0,5 Dioptrien?

Bruder Gustav hat Medizin studiert und arbeitet für einen Pharmakonzern im Vertrieb. Schwester Gudrun hat eine kleine Mode Boutique in Grünwald, wo auch das Haus der drei steht. Noble Gegend, wenn auch mittlerweile etwas angestaubt. Beide Geschwister haben in der Mordnacht, Freitag, 14. März 2014, bis in die Puppen (4:00 Uhr früh) Karten gespielt (Rommé) und sind dann ins Bett gegangen. Die späte Uhrzeit war laut Aussage der beiden nicht ungewöhnlich, beide sind Nachtmenschen, außerdem leidet Gustav des Öfteren an Schlaflosigkeit. Sie haben also für die Tatzeit ein Alibi.

Auch die beiden Geschwister von Otto sind bisher partner- und kinderlos geblieben. Das muss echte Geschwisterliebe sein.

Plötzlich spüre ich etwas in meinem Mund auf- und ab-, hin- und her hüpfen. Ich kaue! Und es schmeckt köstlich!

Verdammt!!

Ich hab Lisis Vollkornbrot-mit-Kräuterfrischkäse-mit Tomaten-, Gurkenscheiben-und-Feldsalatblättchen-Rest gefressen – ohne es zu merken!!

Deutlich Zeit, heimzugehen!

5 Rattenblues

Jetzt erst richtig hungrig, verlasse ich das Polizeipräsidium München per Rohr-Rutsche und tripple durch die Löwengrube und um die Spitze der Frauenkirche herum in die Albertgasse. Gedankenverloren bleibe ich an deren Ende hocken und betrachte den Nachthimmel. Einige wenige Sterne sind zu sehen, sie liegen weit auseinander und leuchten nur ganz schwach.

Ein tiefes Grollen hinter mir reißt mich aus meinen Gedanken. Meine Nackenhaare schießen in die Senkrechte, ich drehe mich in Turbogeschwindigkeit um 180 Grad.

Eine Katze kauert drei Meter vor mir, zum Sprung bereit. Kopf, Brust und Bauch sind knapp über den Boden gesenkt, die Vorderpfoten angewinkelt, die Hinterläufe sind leicht erhöht und vibrieren wie ein Flugzeug vor dem Start, der Schwanz zuckt.

Sämtliche Instinkte in mir drängen zur Flucht, aber ich bleibe stehen.

Vor Jahren war ich in einer ähnlichen Situation. Damals suchte ich am Isarufer nach Essen (morgens nach einer Fete, bei der eine ausgelaufene Obstlerflasche die zentrale Rolle gespielt hat und über die ich hier *nicht* berichten will), als ein großer getigerter Kater vor mir aus dem Nichts auftauchte (zusätzlich zu dem, der sich bereits in meinem Kopf befand …).

Er nur zwei Meter vor mir, links von mir der Fluss, hinter mir ein Stapel Holzkisten und rechts eine Mauer.

Keine Chance zu entkommen. Da beschloss ich, wenigstens in Würde abzutreten:

Kampf bis zum letzten Atemzug.

Es ist wirklich erstaunlich, wie Lebewesen reagieren, wenn der andere aus dem üblichen Rollenschema ausbricht. Der Getigerte, der mir etwa so überlegen war wie Goliath dem David, zog schließlich den Schwanz ein und drehte ab. Seitdem habe ich meine Überlebensstrategie weitere viermal eingesetzt – bislang erfolgreich.

Sie lautet: Starr die Katze nieder!

Ich stelle mich also auf die Hinterbeine, senke leicht den Kopf und bohre den Blick meiner jetzt nicht mehr samt-, sondern kohlrabenschwarzen Augen in die gelben des Erzfeindes.

Ich bin sehr stolz auf diesen Blick, den ich mit aller Wut und Entschlossenheit vollpumpe, die mir zur Verfügung stehen. Wieviel das ist, da bin ich selbst oft ganz „überstaunt", wie meine Oma immer gesagt hat.

Diesmal dauert es nur drei Minuten, bis Kater Mikesch zum ersten Mal blinzelt. Schach, aber noch nicht matt! Er ist noch ein junges unerfahrenes Exemplar mit hübschem hellrot und weiß geflecktem Fell und beinahe tut er mir Leid. Aber nur beinahe. Nach einer weiteren Minute legen sich seine Ohren platt an den Kopf, der Schwanz stellt das Zucken ein und wandert nach unten zwischen die Beine.

Mit einem plötzlichen Satz dreht sich der unglückliche Jäger um und verschwindet in der Dunkelheit. Im Restrausch des Adrenalins, das meinen Körper geflutet hat, halte ich mich für unbesiegbar.

„Hey Baby, du kannst die fünfte Kerbe in meinen Colt ritzen!" Maxi der Katzendompteur!!

Schließlich hab ich bisher alle Stubentiger niedergestarrt, bis auf … Sekunden später stürzt mein Adrenalinspiegel zuerst auf normal, dann auf unter null, meine Knie werden butterweich und ich merke, dass ich jetzt ganz dringend ein Gebüsch aufsuchen muss. Ich schaffe es gerade noch rechtzeitig, als ich mir Lisis Leckerli zusammen mit meinem nicht gehabten Mittagessen nochmal durch den Kopf gehen lasse – wie es mein Lieblingsautor Terry Pratchett immer ausdrückte.

Jetzt fragt ihr Euch sicher, woher ich das zitieren kann, weil ich ja auf den ISL-Computern kaum einen ganzen Roman gelesen habe. Stimmt. Ich habe die Romane auf meinem I-Pad gelesen. Es ist nämlich soo …

Ab und zu, ääh *finden* und *verwahren* wir Sachen. Ja, genau. Wir finden Sachen, die unaufmerksame Menschen liegen lassen.

Und dieses „Mini-I-Pad" hat eines Abends kurz nach Einbruch der Dämmerung ein junger Mann im Marienhof … liegen gelassen.

Er hat bei seinem Freund auf einer Parkbank gesessen und dick mit den Vorzügen des Geräts angegeben, das ein ganz neues Modell sei, so klein und handlich und mit einer so großen Akku-Kapazität, dass man es erst nach einer Ewigkeit neu aufladen müsse. Und hier am Marienhof funktioniert es angeblich, weil das Rathaus gleich nebenan ist und der Knabe da irgend so ein „Wehlahn" „angezapft" hat. (Fragt mich was Leichteres!)

Dann hat der junge Mann weiter auf seinen Kumpel eingeredet, der schon ganz glasige Augen hatte und anscheinend viel weniger Geld. Seine Klamotten waren jedenfalls ziemlich abgerissen und er hat gierig auf das I-Pad geschielt. Deshalb hat der Besitzer es hinter sich auf die Parkbank geschoben.

Dabei hat er gar nicht gemerkt, dass das Teil auf der Parkbankkante lag, in Gefahr, runterzufallen!

Die zwei haben stundenlang gequatscht und gequatscht und aus ihren mitgebrachten Bierflaschen getrunken. Da musste ich natürlich einschreiten. Ich konnte doch nicht zulassen, dass so ein wertvolles Gerät unkontrolliert runterfällt und kaputt geht! Also hab ich – durch mehrmaliges Hochspringen und Anstupsen – dafür gesorgt, dass es, äh, kontrolliert … herunterge…glitten ist.

Auf den vorher schon zu Boden gefallenen Pulli, den … ich an die passende Stelle … gezerrt hatte.

Wäre doch echt schade gewesen, um das tolle Ding! Und dann hab ich es … *in Verwahrung* genommen.

Der Typ hätt es bestimmt vergessen, dann hätt es drauf geregnet und kaputt wärs gewesen!

Ich hab es gerettet und verwahre es jetzt, äh, vorläufig … bis auf Weiteres. Und auf dem Teil sind ein ganzer Haufen Bücher und so weiter gespeichert.

Zurück im Bau hab ich wirklich den Blues oder „an Moralischen", wie der Bayer sagt. Wahrscheinlich die vielen erfolglosen Beziehungen. Ich und Armand, Armand und Carmen, Cem und Lisi, ich und Armand. Die drei Epps habens anscheinend gar nicht erst probiert. Ich brauch jetzt dringend nicht nur was zu essen, sondern auch seelischen Beistand. Ich brauche: „Siirkiiit!!"

Da sie zurzeit wieder mal Junge hat, ist meine Freundin Sirkit nachts relativ sicher im Bau anzutreffen, so auch diesmal. Weil wir Ratten normalerweise hauptsächlich um die Dämmerung herum aktiv sind, schlafen wir nicht nur nachts, sondern auch tagsüber immer wieder ein paar Stunden.

Deshalb fällt der Anschiss wegen meines Herumgeschreis relativ milde aus. Und er kommt von Sirkit selbst, die Angst hat, ich könnte ihre Kinder aufwecken. Nach meiner Erfahrung ist dazu eine Sylvesterrakete nötig, die direkt im Bau detoniert. Ein Blick von Sirkits hübschen roten in meine jetzt blutunterlaufenen Augen genügt und sie weiß, was los ist.

„Lass uns zum Speicher gehen", sagt sie mit einem besorgten Seitenblick auf ihre süßen Bälger. Aber da der Papa direkt daneben pennt, kann sie sich losreißen und folgt mir zum Vorratsraum unseres Baus. Das kommt mir sehr gelegen, schnell verdrücke ich eine Pfote voll Körner, ein paar Pommes und, oh, in Olivenöl gebratene Auberginenscheiben – es lohnt sich, die nördlichste Stadt Italiens zu sein.

Schnauzenwetzen-Schnautzenwetzen. (Klingt förmlich, ist aber unter zivilisierten Ratten ein Muss).

„Also raus mit der Sprache", wendet Sirkit ihren liebevollen Blick auf mich, „wo drückt der Schuh".

Ihr ahnt es bereits. Ja, es ist peinlich, aber wahr. Armand heult sich bei mir aus und ich mich bei Sirkit.

„Ach Sirki", jammere ich jetzt ohne Scham, „es ist alles so sinnlos. Armand wird mich niemals lieben und ich kann ihn nicht vergessen. Ich bin die dämlichste Ratte der Welt. Manchmal denke ich, wenn er plötzlich erkennen würde, dass Carmen nur mit ihm spielt und wenn er sehen würde, wer immer für ihn da ist, Tag und Nacht, in Freud und Leid, dann …"

„… dann könnte er eines Tages in deine Arme sinken und Ihr währet auf ewig vereint", beendet Sirkit meinen Satz.

„Ach Maxelchen, wie soll ich es dir sagen. Selbst wenn Armand Carmen den Laufpass geben würde – was er meiner Meinung nach nicht tun wird, denn er kennt Carmen genau und irgendwie scheint er diese Achterbahnfahrt der Gefühle in einer Beziehung zu brauchen. Aber angenommen, er hätte eines Tages wirklich genug von ihr, dann ist er für Dich immer noch, na ja, *vom falschen Ufer*. Es tut mir so leid für dich, aber das ist nun mal Fakt!

Ich versteh schon, Maxelchen. Deine Gefühle für ihn sind so stark, dass du denkst, sie reichen für zwei, werden irgendwann überspringen und Armand davon überzeugen, dass Männerliebe das einzig Wahre ist. Ich glaube nur nicht, dass das so geht. Natürlich kann man das nie sicher wissen. Aber was, wenn Armand nie die Seiten wechselt, auch nach Carmen nicht? Willst du weiter den Beziehungströster für deinen Geliebten spielen oder vielleicht den Onkel für seine Kinder, falls die neue Beziehung klappt?

Maxelmaus, das macht dich doch fertig!

Ich sehe ja ein, dass du Armand nicht einfach vergessen kannst. Aber wie wäre es, wenn du dich, sagen wir mal, ab und zu einem anderen Rattenmann zuwendest, nur so für nebenbei, solange das mit Armand nicht läuft.

Du bist ein attraktiver Kerl und ich hab schon öfter den ein oder anderen interessiert gucken sehen! Und du bist der beste, verlässlichste und verständnisvollste Freund, den man sich wünschen kann.

Armand *kann* nix dagegen haben, wenn du dich mal anderweitig umschaust, weil er ja selber eine Beziehung hat. Ich glaub, er wünscht es dir sogar.

Du könntest es einfach machen wie Ginny Weasley, als sie Harry vergessen wollte. Sie hat ihn nicht ganz aufgegeben, aber derweil andere Freunde und eine Menge Spaß gehabt." (Ich leihe Sirkit gelegentlich meinen I-Pad. Die Harry-Potter-Filme haben es ihr besonders angetan. Ich selbst bin ja absoluter Fan von Remie, der Ratte, die sich im Film „Ratatouille" als genialer Koch outet …)

Jetzt nimmt mich Sirkit ganz fest und weich zugleich in den Arm. Ich drücke meine Nase in ihr Bauchfell und fühle mich ein klein wenig getröstet. „Ach Maxi, ich wünsche mir so sehr, dass du glücklich wirst", flüstert sie. Ich weiß, dass sie Recht hat. Ich weiß, ich versuche mit meinem bloßen Willen die Realität zu verbiegen und sowas hat noch nie geklappt.

Aber wenn es um Armand geht, bin ich blind und taub und verfüge über die Intelligenz eines Pantoffeltierchens. Doch vielleicht kann ja selbst ein Einzeller unter bestimmten Umständen dazulernen?

„Ich weiß, dass du es gut meinst, Sirki, danke dir. Ich denk darüber nach", antworte ich tonlos, während ich mich von ihr losmache.

Mit hängendem Kopf tripple ich zurück in den Wohnkessel und falle in Kammer 1 in einen unruhigen Schlaf.

6 Ratte am Zug

Jetzt ist es drei Stunden später, frühmorgens und ich hatte nicht wirklich viel von der Nacht. Durch meine zahlreichen Termine in der letzten Zeit leide ich langsam ein bisserl unter Schlafmangel – schließlich horchen wir Ratten normalerweise um die 13 Stunden pro Tag an der Matratze (bildlich gesprochen). Aber es geht nicht anders, ich muss schnell sein mit meinen Nachforschungen und heute steht ein Besuch im Wohnhaus der Geschwister Epp an.

Bevor ich los düse, muss ich allerdings noch eine Suche anleiern. Ihr Menschen habt den riesigen Vorteil, dass Ihr Euch sehr viele Dinge, die Ihr haben wollt, direkt holen oder herstellen könnt.

Beispielsweise eine F-Semmel – könnt ich grad übrigens mal wieder brauchen, ist meine super Nervennahrung. Ihr müsst bloß zum Metzger gehen und eine kaufen. Oder Ihr bratet Euch selbst ein Fleischpflanzerl in der Pfanne, steckt es in eine Semmel und … schmatz …

Nein!!

Das kann ich jetzt nicht weiterdenken, sonst ist meine Konzentration auf den Fall für die nächste Stunde im Eimer!

Jedenfalls bewundere und beneide ich Euch für diese Fähigkeit. *Unser* Vorteil als Ratten ist, dass wir bei Bedarf über ein schier unendliches Netzwerk von Tausenden von Artgenossen verfügen. Und dieses Netzwerk werde ich jetzt in Gang setzen.

„Hallo, Marktl!", ruf ich, als ich ihn endlich unter einem der Besucherstühle am Marienhof entdecke. Immer auf Achse, der Knabe. Gschaftig, wie der Bayer sagt.

„Grüß dich, Maxi (Schnauzenzeremonie), was kann ich denn für dich tun?"

„Du könntest mir bei den Ermittlungen helfen. Gesucht wird die Tatwaffe aus blauem Glas. Was für ein Gegenstand genau das ist, wissen wir noch nicht. Aber mit Sicherheit ist Blut dran. Ich möchte, dass die umliegenden Clans eine Suche danach starten."

Marktschreiers Pupillen haben jetzt praktisch die Größe von Straußeneiern. So erpicht ist er darauf, bei der Mördersuche endlich mitzumischen. Also tu ich ihm – und mir – den Gefallen.

„Sag ihnen bitte, sie sollen überall suchen, wirklich überall. In Müllcontainern und –eimern, Spalten, Rissen und Löchern, in den Kanalabschnitten unterhalb von Kanaldeckeln und Straßenabflüssen. In Fahrradkörben, Kisten und unter geparkten Autos. Hinter Mauern, in Gärten und Hinterhöfen usw."

Marktschreier nickt heftig und ich kann förmlich sehen, wie er sich geistige Notizen macht. Er ist nämlich weit und breit für sein ausgezeichnetes Gedächtnis bekannt.

„Ich denke, folgende Clans sollten erst mal genügen", fahre ich fort:

"Der Donisl Clan, die Clans Marienplatz Säule und Marienplatz Brunnen, die Clans Im Tal 1 bis 5, die Clans Alter Hof, Alte Münze und Platzl, der Liebfrauen Clan, die Kaufinger Clans 1 und 2, die Kollegen am Rindermarkt, am Perusahof und am Maximiliansplatz, die am Promenadeplatz, in der Residenz und in der Feldherrnhalle sowie im Hofgarten.

Hab ich alle? Wenn noch eine Lücke im Kreis ist, schließ sie bitte selbständig."

Nach einer Art Verbeugung zischt Marktl davon, grad, dass ich ausgeredet hab. Natürlich hätt ich auch nach der verschwundenen Brieftasche suchen lassen können. Aber zum Einen können die wenigsten meiner Artgenossen lesen. Wie sollen sie also die von Otto erkennen? Eine Geruchsprobe haben wir ja nicht. Zum Anderen gehe ich davon aus, dass es eine ganze Reihe weggeworfene Brieftaschen geben wird, denn schließlich leben wir in einer Großstadt. Einer irgendwie „kuscheligen", zugegeben, mit vergleichsweise sehr niedriger Kriminalitätsrate! Aber ein paar Diebe treiben sich auch in der Weltstadt mit Herz herum. Und ich will nicht in einem Haufen alter Portemonnaies ertrinken …

Ich will eben zu meiner U-Bahn gehen, da seh ich Zwiebel ganz in der Nähe lustlos an ein paar Gräsern kauen. Er tut zwar so, als hätt er mich nicht bemerkt. Ich bin mir aber sicher, dass er alles mitgekriegt hat. Er schaut traurig aus. Vielleicht wär er auch gerne von mir mit etwas beauftragt worden. Schließlich haben wir Otto Epp irgendwie zusammen gefunden.

„Hey, Zwiebel, hab dich gesucht", ruf ich, während ich auf ihn zu schlendere. Verdammt, ich hab sowas von keine Ahnung, was ich ihm jetzt sagen soll!

Ein Auftrag! Was für einen Auftrag könnt ich Zwiebel bloß geben?! Zwiebel. Ist nett und hilfsbereit, aber definitiv nicht der Hellste.

„Hab gedacht, du könntest was für mich erledigen", sag ich ins Blaue hinein.

Zwiebel schaut hoch, ich sehe Hoffnung in seinem Blick keimen – oh Mannohmann!!

„Könntest du, äh den Sepp fragen ... und den Bartl ...ob sie ... ob sie ...ob sie – *die Stimmen inzwischen nochmal gehört haben!*" Das war fünf vor zwölf, Maxi! Aber eigentlich eine ganz gute Idee. „Du weißt schon, die haben in der Nacht, als Epp getötet wurde, die Stimmen von zwei Leuten gehört. Das war mit hoher Wahrscheinlichkeit der Epp mit seinem Mörder oder seiner Mörderin. Vielleicht ist der- oder diejenige ja nochmal vorbei gekommen. Und Sepp oder Bartl haben sie diesmal nicht nur gehört, sondern auch gesehen oder gerochen."

Zwiebel schaut jetzt wieder ganz happy drein. Sieht ein bisschen ulkig aus, so mit einem dunkelroten Auge auf rosa Untergrund (abrasierte Seite) und einem auf Schlammbraun.

„Danke, Max, das mach ich gleich!", sagt er. Er nimmt ganz kurz und zart meine Schnauzenspitze in beide Pfoten, dann düst er ab.

Mir ist jetzt schon ein bisschen warm ums Herz geworden. Ist ein Punk, der Zwiebel, aber sehr lieb. Wie kompatibel Bartl und er wohl sind, denke ich und grinse in mich hinein. Ich freu mich schon auf Zwiebels Bericht.

Jetzt kann ich hoffentlich endlich unbehelligt zur U-Bahn wuseln! Ihr habt übrigens richtig gelesen. Ich reise zu den Epps, weil ich mir a) selbst ein Bild machen will von den (einstigen) Lebensumständen des Toten und b) alle Verdächtigen, also auch seine Geschwister, möglichst im Original kennen lernen will. Vielleicht ergibt es sich sogar c), dass ich Geheimnisse oder ein mögliches Geständnis belauschen kann, schließlich gebe ich als Kleintier einen prima Spion ab. Aber an eine schnelle Aufklärung glaub ich nicht wirklich.

Nun wohnen Hänsel und Gretel ausgerechnet in Grün-*Wald* (Häha!), nicht gerade der nächste Weg. Und obwohl wir flinken Nager lange und ausdauernd laufen können, ist mir das zu weit. Zumal ich rechtzeitig wieder die neuesten Ergebnisse der Nachforschungen von Lisi und ihrer Truppe abgreifen muss.

Ganz schön stressig, der Job von Sherlock bzw. James! Lange Rede, kurzer Sinn: Ich werde mit dem MVV fahren …

Das ist nicht so verrückt, wie es sich anhört. Viele Rattenclans leben in den U- und S-Bahntunneln. Ihr habt sicher schon mal ein Mäuschen die Gleise entlang huschen sehen. Na also. So machen wir das auch, nur lassen wir uns nicht dabei beobachten.

Die grauen Steine und dunklen Gleise bieten Sichtschutz beim Laufen, man darf nur der stromführenden Schiene unter der Plastikverkleidung nicht zu nahe kommen. Passiert aber eigentlich nie, weil sich das Summen des Stroms für uns vermutlich so laut anhört, wie wenn Euch eine Hummel direkt im Ohr rumfliegen würde. An den Haltestellen hängen die Bahnsteige zudem fast einen Meter über – da könnte ein ganzer Clan entlanglaufen, ohne dass Ihr es mitkriegen würdet.

Aber, wie gesagt, will ich ja heute nicht laufen, sondern mitfahren. Weil zu lange Strecke und unsereins Menschenansammlungen möglichst meidet.

Das Mitfahren geht wie folgt:

Ich warte im Schutzraum unter dem Bahnsteig, bis eine U-Bahn einfährt. Während über mir die Leute einsteigen, klettere ich flink auf eine der schmalen kurzen Stahlstangen, die in größeren Abständen an der Unterseite längs der Waggons befestigt sind und die gerade mal so einer relativ schlanken Ratte Platz bieten – wenn sie sich gut festhält.

Freilich muss die Ratte darauf achten, keine Stange in der Nähe eines Drehgestells zu nehmen, das könnte dann unter Umständen plötzlich *sehr* eng werden, uuups! Weil Ihr Menschen Euch im Vergleich zu uns Ratten quasi in Zeitlupe bewegt, kann ich mir immer in Ruhe eine geeignete Sitzstange aussuchen. Na und wann ich aussteigen muss, weiß ich, weil ich die Haltestellen zähle – ist also alles null problemo.

Ich nehme also am Marienplatz die erste U3 diesen Morgen Richtung Fürstenried West und die letzte Sitzstange im hintersten Waggon, denn ich steige am Sendlinger Tor um und die Gleise sind nur in den Tunneln nicht durch Bahnsteige oder Mauern getrennt. Nach ziemlich langer Wartezeit, die ich bequem dösend im Dunklen zwischen grauen Wackersteinen verbringe, besteige ich eine Stange der U1 Richtung Mangfallplatz.

Plötzlich muss ich an ein altes Lied denken, das meine Uroma immer vor sich hin geträllert hat: „Ich wollt, ich wär ein Huhn …", weiß auch nicht, warum.

Endstation ist für mich erst mal der Wettersteinplatz, dann geht's weiter mit der Tram (es lebe „openstreetmap"). Aus der U-Bahn raus und zum Gleisbett der Tram zu kommen, ist ein bisserl heikel – deswegen hab ich ja die frühe Stunde gewählt. Aber Ihr Menschen seid oft, entschuldigt bitte meine Direktheit, äh blind, ganz besonders anscheinend morgens mit der Aussicht auf einen achtstündigen Arbeitstag. Außerdem ist es noch dunkel.

Ich komme also ungesehen beim Wartehäuschen der 25er Tram an, verstecke mich hinter dem Mülleimer und warte wieder eine Ewigkeit, wobei ich ständig gegen das Bedürfnis ankämpfe, einfach einzuschlafen. Manometer, was für eine Weltreise!

Endlich zuckelt das Gefährt heran und ich husche unten drunter. Hier ist das Ganze etwas, äh, trickreicher, als bei der U-Bahn. Der einzig sichere Sitz für mich ist nämlich auf der, ähm, Glocke. Die ist an der Unterseite befestigt, schön tellerförmig und rattengemütlich, jedenfalls meistens. Fast immer.

Außer, der Trambahnfahrer muss „hupen". Das tut er nämlich – richtig! – genau mit besagter Glocke. Und das kann dir dann die Knochen schon ordentlich durchrütteln. Ist mir einmal passiert, als ich unbedingt den Nymphenburger Schlosspark besichtigen wollte.

Das „DRRRRIIINGGG!" hat anschließend drei Tage lang in meinen Ohren nachgehallt …

Nach dieser Odyssee bin ich froh, endlich das Eppsche Domizil, eine alte Villa, zu erreichen. Ich inspiziere den Garten und das Gartenhäuschen auf der Suche nach der

Tatwaffe und der Brieftasche von Otto Epp. Dass ich beides hier finde, habe ich nicht wirklich erwartet. Da wäre der Mörder ja ganz schön blöd. Aber möglich ist schließlich alles.

Auf dem Weg von der Tram hierher habe ich bereits die Umgebung abgesucht – nichts. Was ich aber finde, ist ein nicht ganz geschlossenes Kellerfenster – eiserne Gitter können unsereins nicht aufhalten! Nachdem ich auch den Keller nach Tatwaffe und Brieftasche abgesucht bzw. – geschnüffelt habe, mache ich es mir auf der Eppschen Kellertreppe gemütlich.

Dösend warte ich darauf, dass das Haus erwacht. Gustav und Gudrun erweisen sich nicht als Frühaufsteher. Aber schließlich ist auch Samstag. Die Sonne scheint schon lange durch den großen Spalt unter der alten Kellertür, als ich Herumgewerke aus der Küche vernehme.

Ich lure vorsichtig durch den Spalt und sehe einen mit dunklem Holz vertäfelten Gang, von dem mehrere Türen abgehen. In dem Gang stehen diverse inzwischen wohl antike Möbelstücke, eine Kommode, ein großer Schrank, ein Schuhregal … Weiter muss ich gar nicht schauen, weil schon das erwähnte Angebot einer kleinen superschnellen Ratte hunderte von Versteckmöglichkeiten bietet. Ich zwänge mich mühelos durch den Spalt – verdammt … gar nicht so einfach … mein Bäuchlein … uff – geschafft!

Lautlos schlüpfe ich unter die Kommode und spähe in die große Wohnküche. Ein Weibchen, Tschuldigung!, eine Frau macht sich am Herd zu schaffen, wohl Gudrun, die

Schwester. Ich weiß aus Lisis PC-Akte, dass sie 39 ist, doch sie sieht irgendwie älter aus.

Nicht wegen des streng nach hinten gebundenen bronzefarbenen Haars oder der leicht geröteten graublauen Augen. Auch nicht wegen des altrosa Morgenmantels, den sie wohl aus dem Nachlass von Queen Victoria erstanden hat. Es ist mehr das Gesicht, das irgendwie jugendlich aussieht, aber mit leicht faltiger Pergamenthaut überzogen ist.

So als würde es vom Jugend- direkt ins Altersstadium übergehen, ohne etwas dazwischen.

Jetzt kommt Gustav die Treppe herunter. Mittelgroß, aschblond mit bereits deutlich zurückweichendem Haaransatz, unauffälliges, ernstes Gesicht, blassblaue Augen, graubrauner Pullunder über einem beigen Hemd zu einer konservativen grauen Stoffhose mit Bügelfalte. M. E. könnte eine Nachhilfestunde in Sachen Mode hier nicht schaden. Er hat einen etwas zu schwerfälligen Gang für einen so schlanken Mann, aber schließlich ist gerade sein Bruder gestorben.

Ich warte vergebens auf ein „Guten Morgen".

Gudrun schaut ihren Bruder nicht einmal an, als sie ihm Kaffee eingießt.

Da herrschen bei uns im Bau schon ganz andere Manieren. Soziale Gesten wie das Nase-Wetzen oder ein freundliches Fiepen sind unter Ratten ein Muss. Aber die Stimmung ist ja, so sage ich mir, logischerweise getrübt. Gustav starrt in seine Kaffeetasse, ohne sie anzurühren.

„Hast du schon deine Schuhe für die Beerdigung am Montag vom Schuster abgeholt?", fragt jetzt Gudrun mit

strengerer Stimme, als ich ihr zugetraut hätte.
Gustav nickt mit immer noch gesenktem Kopf.

„Wir haben heute um zwölf einen letzten Termin beim Bestattungsunternehmen", fährt Gudrun fort.

Gustav bleibt weiterhin seiner grünen Tasse zugewandt.

„Du darfst dich nicht so hängen lassen!", herrscht Guddi, wie ich sie für mich entschärfend nenne, ihren Bruder jetzt an.

„Wir müssen der Welt weiterhin ein stolzes Gesicht zeigen. Das sind wir unserem Namen schuldig. „Ein Epp lässt sich durch nichts aus der würdigen Ruhe bringen" – wie du weißt, hat Vater das immer gesagt. Nicht mal durch den Tod eines Familienmitglieds! Wir haben das frühe Ableben unserer Eltern verkraftet – wir werden auch diesen Verlust überstehen!"

Gustav lässt Guddis Vortrag ohne erkennbare Reaktion über sich ergehen. Sowas ist er anscheinend von ihr gewöhnt.

Hat sie nach dem „frühen Ableben" der Eltern (krasse Wortwahl, oder?) die Rolle der Mutter übernommen? Wenn, dann eher die der kritischen als die der fürsorglichen.

Gudrun scheint Gustavs Teilnahmslosigkeit wenig zu stören, denn sie plappert munter weiter:

„Ich habe Einladungen an alle Kollegen, Organisationen und Parteien verschickt, es wird eine ganz große Beerdigung werden. Pater Benedikt, der Stadtpfarrer im Alten Peter wird die Grabrede für Otto halten, wie es sich gehört. Außerdem ist mit zahllosen Besuchern aus dem Volk zu rechnen, die zwar nicht eingeladen sind und nicht am Gottesdienst teilnehmen dürfen. Aber sie werden den Zug des Sarges zum Grab begleiten und in den Medien wird von einem riesigen Geleit berichtet werden."

Mein lieber Osch, die Gudrun is ja ganz schön krass drauf! Hey Guddi – da Adelsstand ist fei schon lang abgschafft!

Klar ist, dass hier keine Freude über Ottos Ableben herrscht. Auch Gudrun schwadroniert über die „harte Prüfung" und den „herben Verlust", was erahnen lässt, dass auch sie Trauergefühle verspürt.

Da die Konversation weiterhin recht einseitig verläuft und auch keine verräterischen Bemerkungen wie z. B. „Was hast du mit der Tatwaffe gemacht?", fallen, will ich mich jetzt im Haus umsehen.

Ich husche an der Küchentür vorbei den Gang entlang – nicht ohne den Duft von bratenden Eiern und Räucherschinken tief in meine Lungen zu saugen. Mein Magen knurrt. Drei weitere Zimmer gehen vom Gang ab, zwei der Küche gegenüberliegend, eines am Kopfende. Wie mir mein Riechkolben zweifelsfrei sagt, ist die erste eine Toilette, das zweite eine Putzkammer. Der Geruchstest beim Vorbeigehen zeigt, dass auch hier weder Tatwaffe noch Brieftasche deponiert wurden.

Der Raum am Kopfende des Ganges, auf den ich jetzt zusteuere und dessen Tür weit offensteht, erweist sich als riesiges, herrschaftlich eingerichtetes Wohnzimmer. Drei Seiten sind mit breiten bodentiefen Sprossenfenstern versehen.

Trotzdem wirkt der Raum nicht hell oder einladend. Vermutlich liegt das an den großen Tannen, die ringsherum im Garten stehen. Aber auch an den düsteren Möbeln und den schweren dunkelgrünen Vorhängen. Und an den massiven Bodendielen aus schwarzbraunem Holz. Es riecht alt, nach Bohnerwachs und ein bisschen staubig.

An der Wand hinter dem riesigen Esstisch hängt ein Teppich mit einer Art gigantischem Baum darauf. Als ich nähertrete, erkenne ich an den Verzweigungen der Äste und Zweige kleine Rechtecke mit Namen drin. Die von Gustav, Gudrun und Otto stehen am Ende des höchsten Zweiges. Ist wohl so eine Art Generationenleiter.

Dass Ihr Menschen das gerne macht, davon hab ich schon gehört. Würde bei uns keinen Sinn machen, da in unseren Clans mehrere Familien zusammenleben. Deswegen und wegen unserer Gebärfreudigkeit verlieren wir da schnell mal den Überblick ...

Am Esstisch könnte bequem eine zwölfköpfige Familie dinieren. Wie ich schnüffelnder Weise feststelle, saßen seit sehr langer Zeit aber nur drei verschiedene Menschen auf den dazugehörigen Stühlen.

Am Kopfende war Ottos Platz – dort liegt jetzt ein rechteckiges schwarzes Deckchen ohne Teller. Die Plätze von Hänsel und Gretel sind links und rechts daneben an den Längsseiten – dort sind bereits gute aber alte Teller und angelaufenes Silberbesteck aufgedeckt. Und je ein abgenutztes Kristallglas. Von den dicken Lehnsesseln am Kamin hat der mit dem schönsten Gartenblick Otto gehört, sagt mein Näschen.

Und was sagt *uns* das? – Bruder Otto war einwandfrei der Clanchef.

Ansonsten vermeldet mein Riechorgan nada.

Im oberen Stock liegen ein weitläufiges Bad (es leben die großen Tür-/ Bodenschlitze) und fünf weitere Zimmer. Ich erschnüffle mir den Weg in Ottos Zimmer.

Ach du lieber Leo! Hier sieht es aber nicht wie bei einem künftigen OB aus. Es wirkt nicht mal wie der Raum eines Erwachsenen. Da sind zwar Gegenstände, die auf eine ältere Person hinweisen: so ein Gerät mit einer halb eingeklemmten Anzughose und darüber hängender – jacke, ein supergerade gefaltetes Erwachsenenhemd mit einem rechteckigen Plastikteil drin (?!), fünf Pokale mit eingravierten Datumsangaben, die auf dem Kaminsims stehen, ein Waschbecken mit Rasierapparat, ein uralter PC mit passendem Drucker.

Aber an den Wänden hängen verblichene Poster von der ersten Mondlandung und antiken Bands, die momentan ihr drittes Revival erleben. Im Sessel in der Ecke kauert ein abgegriffener Teddy und im Regal liegt ein bestückter Revolvergürtel, der wohl anno 1978 beim Faschingsball für Furore gesorgt hat. Hier ist sicher kein Reporter je reingekommen. Wär auch gar nicht gut fürs Image gewesen.

Ich finde nichts Auffälliges, weder ein geheimes Tagebuch, das die Polizei übersehen hat noch einen freundlichen Notizzettel, auf dem Otto sein Passwort für den PC hinterlassen hat. Den haben Lisi und Co sicher eh längst gecheckt.

In den Zimmern von Gustav und Guddi sieht es ähnlich trost- und spurenlos aus. Überhaupt macht das ganze Haus den Eindruck, als hätte hier die Zeit stillgestanden. Und als käme nie jemand zu Besuch. Ich merke, dass ich jetzt dringend raus muss aus diesem Museum.

Weil es jetzt natürlich Tag ist, will ich mit der Rückkehr zum Marienhof noch bis zum Abend warten. Ich suche mir ein ruhiges und sicheres Plätzchen im Eppschen Gartenhaus, nachdem ich mir eine Winzigkeit Käse, Gemüse, Schinken, Oliven und Brot aus der Speisekammer stibitzt hab. Ohne irgendwelche der verbliebenen Lebensmittel zu berühren. Ich schwör!

Ich ziehe nochmal Bilanz aus meiner Ortsbesichtigung. Ich hab zwar keine verräterische Spur gefunden, bin aber dennoch zufrieden. Weil ich nämlich jetzt einen viel klareren Eindruck von Ottos Leben und seiner Familie bekommen habe. Irgendwie scheint der große, erfolgreiche Otto „von" Epp privat ein Junge geblieben zu sein. Oder besser gesagt, er scheint kein erwachsenes Privatleben gehabt zu haben. Genauso wie seine beiden Geschwister.

Die drei wirken wie eine Art verstaubtes Trio, seit Kindertagen zusammengeschweißt durch ihre gegenseitigen Rollen. Otto, der Große, der Vaterersatz, Gustav der kleine Bruder und Gudrun irgendwo dazwischen als weibliches Element mit Mama-Ambitionen.

Jetzt klafft da, wo Otto bisher war, ein riesiges Loch. Kaum anzunehmen, dass einer der beiden sich so eine

Wunde selbst zugefügt hat. Es wird ein gewaltiges Stück Arbeit für Gudrun und Gustav sein, diese zu schließen. Ich hoffe, sie werden es schaffen.

Gerade will ich mich angesichts dieser Psychokiste wohligem Schaudern hingeben, um schließlich zufrieden einzuschlummern, da trifft mich die Erkenntnis wie ein Schlag: Ich *kann* jetzt nicht schlafen, weil ich *rechtzeitig* zur Vernehmung im Oberkommissariat sein muss. Klingt cool, ist – Scheiße. Dieser Ermittlerjob artet langsam in Stress aus! Das geht mir entschieden gegen meinen Ratten-Biorhythmus! Trotzdem mach ich mich gleich auf den Weg, weil ich meine Aufgabe ja schon ernst nehme.

7 Ratte am Dampfen

Da momentan helllichter Tag ist, muss ich auf die bequeme Art zu reisen verzichten. Stattdessen sind Schusters Rappen, ist gleich meine Pfoten, angesagt – harrharr! Auf meinem Weg hierher hab ich vorhin einen Gullideckel gesehen. Nach rascher Schleichwanderung von Garten zu Garten und einem kurzen Sprint, als gerade kein Mensch vorbeikommt, geht's also ab in den Untergrund. Gott segne die Kanalisation – und die unglaubliche Ausdauer und Schnelligkeit meiner Spezies!

Die 13,2 Kilometer von Grünwald bis zum Marienhof (siehe openstrcctmap) hab ich in rekordverdächtigen 89 Minuten hingelegt!

Mit hängender Zunge haste und stemme ich mich, im Präsidium angekommen, nach oben. Als ich am zweiten Stock verbeikomme, höre ich eine Meute Jugendlicher lauthals scherzen. In der Art von hysterischer Fröhlichkeit, die innere Anspannung lindern soll.

Eine Stimme übertönt alle anderen, vermutlich die des Rudelführers und ich verstehe, dass ich gerade eine Vernehmung verpasst habe – Mist!! Es war die der Fußball-Jugendgruppe vom FC Milbertshofen, die Epp geleitet hat.

Um wenigstens jetzt noch etwas mitzukriegen, verharre ich auf der Stelle. Das heißt, mit links und rechts an die Wand des Lüftungsrohres gespreizten Ärmchen und Beinchen ... Ich komme mir vor wie ein Freeclimber, der in einem Felsspalt feststeckt und sehe bestimmt total bescheuert aus. Gott sei Dank sieht mich keiner. Die Muskelzuckungen, die mich bereits nach ein paar Sekunden in unregelmäßige Vibrationen versetzen, machen die Sache auch nicht besser.

„Den Bullen hammas zeigt! Die können uns gar nix! Schließlich war die komplette Mannschaft die ganze Nacht beisamma am Tisch zur Siegesfeier gsessn. Und des eine Stund Fahrzeit vom Tatort weg. Net amal nausganga is oana, außer aufs Klo – und außer dir, Luki, zum Reiern. Aba dann bist glei wieda kumma und hast weitergsoffn!"

Die letzte Bemerkung von Alpha wird mit ohrenbetäubendem Gelächter quittiert. Auch ich bin glücklich, weil ich mit dieser Info die FC-Jungs von der Liste der Verdächtigen streichen kann. Allerdings hat mich gerade etwas beunruhigt – nur was? Etwas, das die Burschen gesagt haben, oder etwas, das sie *nicht* gesagt haben? Ich komm einfach nicht drauf!

Mit Krämpfen in allen vier Pfoten und immer noch hechelnd, beziehe ich gerade meinen Aussichtsposten schräg hinter Oberkommissarin Lisi Moosgruber, als Andy und Cem sich auf Stühle zu beiden Seiten des Schreibtisches setzen. So, dass der Vernommene sie nie alle drei auf einmal im Blick hat. Glück muss die Ratte haben! Gegenüber flätzt ein dunkelhaariger Mittvierziger mit stechenden blauen Augen, der sich cooler gibt, als er riecht.

Bevor die Vernehmung beginnt, beschwert sich Andy über ein Quietschen und nuschelt etwas von Verstopfung im Belüftungssystem. Erst als er sich umdreht und praktisch direkt zu dem Gitter herschaut, hinter dem ich hocke, merke ich, dass ich noch immer von der Anstrengung am Keuchen bin.

Erschrocken zucke ich zurück und presse mir die Pfote auf das Mäulchen. Ein besonders feines Gehör hat er, der Herr Kommissar …

Nachdem jetzt alles ruhig ist, wendet sich der Oberkommissar wieder dem Besucher zu. Gottseisgepfiffenundgetrommelt!!!

Peter Breitmoser, 44, OB Kandidat der BMP (Beste Münchner Partei) und Chef der Fraktion im Münchner Rathaus, macht seinem Namen optisch alle Ehre. Mittelgroß und von Kopf über Hals und Bauch bis Fuß deutlich untersetzt, wirkt er eher breit als hoch. Gekleidet ist er allerdings in einen trendigen dunklen Anzug mit schicker Krawatte.

Das war nicht ganz billig. Er wird von Lisi und ihren Kollegen ziemlich intensiv befragt. Weil er allen Grund hatte, stinkwütend auf Otto zu sein. Der hat nämlich, nachdem Breitmoser seinen Vorschlag zum Thema Bayernkaserne abgelehnt hatte, die BMP kurzer Hand verlassen. Und eine neue Partei gegründet – zusammen mit etlichen weiteren unzufriedenen BMP-Mitgliedern inklusive Breitmosers langjähriger Sekretärin …

Außer diesen unerfreulichen Fakten hat Otto Epp mit seiner „Naive für München" auch noch einen guten Batzen eher rechts geneigter Wähler von der BMP abgeworben – laut Umfrage um die 8,6 Prozent.

Und das kurz vor der OB-Wahl! Hierauf angesprochen, wechselt Herrn Breitmosers Teint von Sonnenbank-Braun zu einem ungesunden Himbeerrot. Zudem wird seine

Stimme mehrere Phon lauter. Peter B. ist deutlich von der unbeherrschten Sorte.

Bisher hat hauptsächlich Lisi die Fragen gestellt. Jetzt kommen sie im schnellen Stakkato von links, rechts und aus der Mitte angeschossen. Nach 2 Stunden Zwickmühle ist Breitmoser am Ende. Sein vorher adrettes Hemd ist jetzt verrutscht und verschwitzt, am Kragen geöffnet. Seine Krawatte hat er schon vor einer Stunde abgenommen. Er ist auf seinem Stuhl inzwischen sooo klein mit Hut und stammelt nur noch:

„I schwörs eana! I hab dem Epp nix do! Ja, i gebs zua, dass i den am liabsten in die Mangel gnommen hätt. Hab i aba net. Des miasts Ihr mir glaubm!!"

Fast fängt er jetzt an zu heulen.

„Der hat si aufgführt, als hätt er die Weisheit mitm Löffl gfressn! Und die Deppen ham ihm glaubt und fast anbet, wie an zweiten Messias! Am meisten entteischt bin i von da Maier Uschi (Sekretärin). Des hätt i nia glaubt, dass die mir so in Rückn fallt."

Der letzte Satz ist kaum zu hören, nur noch ein Flüstern. Jetzt sitzt Breitmoser da und schüttelt den gesenkten Kopf immer wieder ungläubig.

„Aba i hab n net umbracht. I schwörs bei meim Leben."

Gerade ist mein Respekt für Lisi und ihr Team, obwohl eh schon hoch, noch einmal kräftig nach oben geschnellt. Mit denen möcht ich mich nie anlegen, mein lieber Scholli! Eben noch wirken alle ganz freundlich und menschlich-verständnissvoll und plötzlich verwandeln sie sich in reißende Bestien.

Und die Lisi ist wirklich ein taffes Weib! Die lässt sich so schnell von keinem was vormachen. Kein Wunder, dass der Cem sich zu ihr hingezogen fühlt. Und, dass er Angst hat, sich vielleicht eine unsanfte Abfuhr einzuhandeln. Da er nicht über mein Riechorgan verfügt weiß er ja nicht, dass er sich über Letzteres keine Sorgen machen müsste ...

Endlich wird Breitmoser vom Haken gelassen und darf gehen. Er schlurft hinaus und ich wette, dass er sich jetzt erst mal auf der Toilette generalüberholt. So jedenfalls wird er kaum vor die Pressemeute treten, die voraussichtlich am Ausgang auf ihn wartet. Was Otto Epp betrifft, weiß ich irgendwie immer weniger, was ich von ihm halten soll. Einerseits find ich es nur gut und konsequent, dass er die Partei verlässt, wenn er ihre Ziele nicht mehr vertreten kann. Andererseits weiß ich zu wenig über das Thema der Auseinandersetzung. Otto könnte genausogut ein Rechthaber sein, jemand, der glaubt, dass nur *er* weiß, was Sache ist. So hat ihn Breitmoser gesehen.

Jetzt tauschen Andy, Cem und Lisi ihre Eindrücke und Bauchgefühle zur Vernehmung von eben aus.

„Und, was glaubt Ihr – hat ers getan?", fängt Andy an. „Motiv hätte er ja ein dickes gehabt. Und das cholerische Temperament oberdrein. Was Mittel und Gelegenheit betrifft: Sein Alibi ist nicht eben super. Seine Frau hat nicht bemerkt, dass er das Bett verlassen hat. Erstens deckt sie als Ehefrau wohl möglicherweise ihren Mann.

Außerdem nimmt sie nachts immer Ohropax. Die tut meine Frau auch immer in die Ohren über Nacht. Und ich habe schon oft erlebt, dass die mich gar nicht richtig hört, wenn ich mit ihr rede. Die muss ich richtig wachrütteln, bevor ich ihr etwas sagen kann. Sie sagt auch manchmal, dass sie gar nicht gemerkt hat, dass ich schon aufgestanden bin.

Was das Mittel betrifft, ist die Mordwaffe ja noch nicht identifiziert. Aber einen stumpfen Gegenstand kann sich doch jeder beschaffen – und anschließend wieder loswerden. Ich denke, er könnte es gewesen sein. Ich glaube, dass sein Stolz zu viel Demütigung nicht ertragen kann."

„Was das Motiv betrifft, seh ich des wie du, Andy", übernimmt jetzt die Lisi das Wort. „Und ich find auch, dass sein Alibi recht dünn ist. Unbeherrscht ist der außerdem. Ich könnt mir gut vorstellen, dass dem mal die Hand ausrutscht.

Fragt sich, wie er um drei in der Nacht zum Marienhof kommt und warum. Woher hätt der Breitmoser gewusst, dass der Epp um die Zeit dort sein würde, wenn er selbst das spontan entschieden hat? Hätt sich der Epp mit dem so freundschaftlich unterhalten? Von dem Silberschmied wissen wir, dass die zwei vor der Tat schon so 5 bis 10 Minuten geredet und gelacht haben. Ich bin nicht überzeugt. Außerdem hatt ich das Gefühl, dass seine Beteuerungen ehrlich waren.

Was meinst du, Cem?"

Cem denkt noch einmal kurz nach, bevor auch er seine Meinung preisgibt.

„Ich glaub eigentlich nicht, dass der Breitmoser der Täter is. Klar hat er ein Motiv und auch das Temperament für eine Tat im Affekt. Aber ich nehm ihm irgendwie ab, dass er mit dem Mord nix zu tun hat. Klar kann ich mich irren …".

„Das können wir uns alle", stellt Lisi klar, „wir reden hier ja über unsere Eindrücke, nicht über unumstößliche Beweise.

Übrigens – wer von Euch hat gestern den Rest von meinem Brot stibitzt? Der is mir a Brotzeit schuldig". Ich weiß genau, dass ich noch ein Drittel übrighatte und wollt des zum Frühstück essn."

Ohjeminehmineh!!

„Wenns derjenige net zuagibt, werd ich mal die Spusi dransetzen, so geht's ja net", fügt sie feixend hinzu.

Nach nur fünf Minuten Kaffeepause startet die zweite Runde. Auf dem heißen Stuhl sitzt diesmal Felix Schneider-Breisgau, der OB-Kandidat der RPfM (Richtige Partei für München). 41 und mittelgroß wie sein Kollege von der Gegenpartei, aber mit hellbraunen Haaren und tiefbraunem „Du-kannst-mir-absolut-vertrauen-Blick". Und ganz im Trachtenlook zwischen „modisch" und „traditionell".

Im Gegensatz zur BMP-Fraktion hat die RPfM keine Stimmenverluste durch die NfM zu befürchten. Die neue Partei ist, weil schlecht für den Hauptgegner, hier eher willkommen. Bis jetzt ist die Vernehmung eher ein Plausch bei ohne Kaffee und ohne Kuchen. Aber ich weiß ja nun schon, was gleich kommt.

Lisis nächste Bemerkung zerschießt das selbstgefällige Lächeln auf Schneider-Breisgaus Gesicht:

„Otto Epp hat Sie doch kürzlich im BR-Interview zum Bau des neuen Kulturzentrums Hasenbergl öffentlich zum

Narren gemacht. Hatten Sie nicht auf die Frage zu den eingeplanten Kosten die falsche Summe genannt und Epp hat sie korrigiert?"

Diesmal ist es das Gesicht von Felix S.-B., das die Farbe wechselt. Allerdings wird er nicht rot, sondern bleich.

„Das ist so nicht richtig. Ich hatte die ungefähre Summe genannt, das war völlig ausreichend und korrekt. Herr Epp hat sich nur veranlasst gefühlt, die präzise veranschlagte Summe auf zwei Stellen hinter dem Komma plus ursprünglicher Ausgangssumme und mittlerweile entstandener Mehrkosten zu nennen, sodass meine Angaben fehlerhaft wirkten, obwohl sie es nicht waren.

So war er eben, der Herr Epp. Immer genau bis pedantisch korrekt. Das war ja auch der Grund dafür, dass seine neu gegründete Partei es aus dem Stand auf über acht Prozent brachte. Herr Epp war eine Art Guru für Leute, die es übergenau und kompromisslos mögen. Ich bin sicher, es war nicht seine Absicht, mich bloßzustellen."

„In den Augen der Zuschauer und ihrer Parteikollegen sah das anders aus. Für die stand der OB-Kandidat der RPfM wie ein Depp da", versuchte Lisi nochmal, Schneider-Breisgau aus der Reserve zu locken.

Felix ist jetzt sichtlich nicht mehr glücklich. Trotzdem vibriert es in seiner Stimme kaum, als er erklärt:

„In der Partei ist mein Interview-Auftritt natürlich kontrovers diskutiert worden. Freilich gab es Kollegen, die die Gunst der Stunde genutzt und versucht haben, mich zum Rücktritt von der Kandidatur zu bewegen. Aber solche Neider und Konkurrenten gibt es in jeder Partei.

Wenn man so etwas nicht an sich abprallen lassen kann, ist man als Politiker für höhere Ämter ungeeignet. Da hab ich schon Schlimmeres durchgestanden."

Pfiat di Gott, Schwammasuppn – Kandidat Nummer zwei hat sich gut im Griff!

„Koid wia a Fisch", wie Papa immer sagt. Bleibt stoisch bei seiner Aussage und lässt die Polis mit ihren Attacken ins Leere laufen. Typisch Politiker. Schneider-Breisgau ist dann nach fast zweistündigem Vernehmungs-Marathon zwar sichtlich gestresst, bleibt aber weiterhin bei seiner Aussage, dass er Epp an dem Tag nicht gesehen und auch nicht umgebracht habe.

Auch er hat ein Alibi durch seine bessere Hälfte. Frau Schneider-Breisgau hatte keine Wachskügelchen im Ohr. Allerdings hatte sie ein Schlafmittel eingenommen ... Tja, beim nächsten Besuch durch eine Mordkommission wird sie wohl alle Arztrezepte, die offen auf dem Wohnzimmertisch liegen, sicherheitshalber wegräumen ... Man lernt ja dazu.

Diesmal fällt die Beurteilung meiner drei Kommissare quasi andersrum wie vorher aus.

Cem findet, dass Schneider-Breisgau ein aalglatter Politiker ist, der niemals wegen solch einer Lappalie einen Mord begehen und seine Karriere gefährden würde. Andy glaubt Felix.

Lisi dagegen hält Schneider-Breisgau für einen super ehrgeizigen Typen, der sein Pokerface perfektioniert hat, aber unter der Maske die Demütigung nicht vertragen und Rache verübt haben könnte.

Tja, wer der Mörder ist, weiß *ich* persönlich nach jeder Fragerunde weniger. Aber mein Bild von Otto wird schärfer. Ich halte ihn inzwischen für einen Besserwisser und Korinthenkacker – auch wenn er zweifellos viel auf dem sozialen Sektor geleistet hat.

Es muss jetzt draußen schon dämmern und mir fallen langsam die Augen zu. Mein Hirn hat sich bereits vor einer Stunde zu 78% verabschiedet und läuft bald nur noch auf Reserve. Aber Lisi, Cem und Andy haben noch nicht Feierabend. Sie vernehmen noch Sarah Kirschbauer von der APM (Astreine Partei München).

Die 41jährige mit den roten Haaren und den grünbraunen Augen hat Jeans, ein braunes T-Shirt und eine hellbraune Lederjacke an. Selbstbewusst beantwortet sie alle Fragen, auch die unangenehmen.

Selbst in der heißen Phase der Vernehmung nehmen die Kommissare sie nicht so hart her, wie die anderen beiden Kandidaten. Liegt es daran, dass sie eine Frau ist? Wohl eher nicht, wenn ich da an Lisi denke. Aber Sarah hat auch kein so ernst zu nehmendes Motiv. Sie hat sich zwar mit Otto im Stadtrat des Öfteren gestritten.

Vor ein paar Tagen hatten sie eine besonders heftige Auseinandersetzung zum Thema Ausländerpolitik. Welche Epp mit dem Versprechen beendet hat, dass er „auf keinen Fall und unter gar keinen Umständen" zu einer Koalition mit Frau Kirschbauers Partei bereit sei, „solange Sie Kandidatin bleiben". Woraufhin Sarah versicherte, sie würde nicht mit Epp koalieren und wenn er der letzte Mensch auf Erden wäre.

Die schließlich doch pistolengleich kommenden Fragen nach diesem Streit bringen auch Frau Kirschbauer mit der Zeit aus der Ruhe. Äußerlich leicht derangiert, bleibt sie inhaltlich bei ihrer Aussage, nichts mit dem Mord an Otto Epp zu tun zu haben. Natürlich solle eine Diskussion nicht auf diesem Niveau geführt werden. Aber es habe eben mal geknallt zwischen Epp und ihr, das sei schon lange fällig gewesen und habe eher reinigende Wirkung auf ihr Innenleben gehabt.

Im Übrigen sei sie der Meinung, dass eine „Streitkultur zur Demokratie gehört". Ihr Bedauern gelte allen Parteien, „denen diese Erfahrung versagt bleibt".

Bei der abschließenden Besprechungsrunde meiner Kommissare erfahre ich, dass die unverheiratete Frau Kirschbauer zwar die Mordnacht alleine in ihrem Bett verbracht hat. Allerdings konnte sie nicht gut schlafen und wurde morgens um 4 Uhr vom Zeitungslieferanten gesehen, als sie im Schlafanzug die vor die Haustür geworfene SZ hereinholte.

Sarah Kirschbauer wohnt in Ramersdorf, ziemlich weit von der S-Bahn weg und hat kein Auto.

Es wäre theoretisch zeitlich sehr knapp möglich, dass sie die Tat begangen hat und rechtzeitig zu Hause war, aber nicht mit dem Rad, sondern nur per Taxi oder „Leih-Auto". Etwas, das die Kommissare noch überprüfen werden. Außerdem brachte die neue NfM der APM Vorteile, da sie Wähler von den konservativen Parteien abzog. Im Übrigen wurde bei keinem der drei Mörder-Kandidaten die Tatwaffe gefunden – weder im Haus bzw.

auf dem Grundstück, noch auf dem jeweiligen Weg vom Tatort dorthin.

Ich bin jetzt fix und foxi, gaga, damatscht, oder wie immer Ihr das ausdrücken wollt und will nur noch ins Bett. Und zwar presto. Vernünftig nachdenken über alles, was ich gehört hab, kann ich sowieso erst morgen. Gerade, als ich aus der Albertgasse Richtung Gang 5 spurten will, sehe ich Armand gleich daneben verträumt grasen. Da trifft es mich wie der Blitz!

Carmen!

Ich hab ihm versprochen, sie zu überprüfen! Wenn ich ihm jetzt gestehen muss, dass ich noch gar nicht dort war, ist er total enttäuscht von mir.

Ich verliebter Depp!

Jetz muas i da a no hi – Kreizdeifinomoi!!

8 Ein Rattenschwanz an Problemen

Wie ich zum Clan am alten Hochbunker (Anhalter Platz, 1941 als Luftschutzraum Nr. 3 errichtet) gekommen bin, weiß ich nicht mehr. Jedenfalls ist mein Freund Murat gerade auf Futtersuche vor dem kleinen Turm, als ich angewackelt komme – im wahrsten Sinne des Wortes.

Schnauzenstupsen – Schnauzenstupsen.

„Hey Maxi, alter Fleischpflanzerlsuchtl, lange nicht gesehen! Was geht?"

"Hey Murat, alter Dönerjunkie!"

Peinlicherweise rutsch ich jetzt in den Erkan-und-Stefan-Modus – und kann plötzlich nicht mehr aufhören:

„Alles easy in Brindisi? Nix mehr cool in Istanbul? Alles schlimm auf der Krim!? Kein Testosterin für Putin!! Nicht zu stoppen beim Shoppen und Poppen!!!

KLATSCH –KLATSCH !! Murat hat mir links und rechts eine runtergehauen.

„Kleine Hyperventilation …", keuche ich, nach Luft schnappend „… schlimmer Tag ..., danke Mann – Respekt".

„Jederzeit gerne wieder", erklärt Murat grinsend. Jetzt konzentriere ich mich für eine Minute nur aufs Atmen:

4 ein – 6 aus … 4 ein – 6 aus … 4 ein – 6 aus …

Schließlich hab ich mich wieder eingekriegt und kann weitermachen.

„Also Murat, ich komm wegen der Carmen."

„Aha", kommentiert das mein Kumpel unbestimmt.

„Ich wollt einfach mal, äh, mit ihr reden. Soll ihr was, ahm, ausrichten von Armand", stammle ich zusammen.

„Da würd ich jetzt eher warten mit dem Besuchen", bremst mich der Murat ein. „Weil, des is grad eher ungünstig. Die Carmen is im Moment … beschäftigt. Mit dem Berkan. Sie tun, ah, disputiern. Sind nach oben ausgecheckt."

Jetzt is der Murat am Stammeln. Mein auf Notstrom laufendes Gehirn hat keine Ahnung, warum.

Mit einem „dank dir, alter Freund, ich stör nicht lang, schau nur ganz kurz bei der Carmen vorbei!", lauf ich die alte steinerne Wendeltreppe hoch. Die führt an der Innenwand des achteckigen Turms fünf Stockwerke nach oben. Als ich endlich im Dachgeschoß ankomme, bin ich k.o. – wieder einmal! Immerhin hab ich Carmen endlich gefunden. Sie hockt mit dem Rücken zu mir vor einem größeren, unförmigen dunklen Gebilde.

Gerade will ich ihr ein „hallo" zurufen, da bleibt mir der Ton im Hals stecken.

Das dunkle Gebilde hat sich gerade als der Berkan entpuppt. Und wie die Carmen mit dem „disputiert", hätt ich mir in meinen kühnsten Träumen nicht ausmalen können. Genaueres kann ich an dieser Stelle nicht schreiben, ich weiß ja nicht, ob Ihr schon 18 seid. Oder doch lieber 21. Am besten schon 40!

Wäre ich ein Mensch, würde mein Gesicht jetzt vor Schamesröte glühen. Passiert mir nicht, weil Fell. Peinlich ist mir das Ganze trotzdem gewaltig. Eins ist klar: Armand darf davon nix erfahren, das würd ihm glatt das Herz brechen.

Ich ziehe mich langsam und möglichst geräuschlos zurück – eine Maßnahme, die ich mir hätte sparen können, so wie die beiden in ihre Diskussion vertieft sind. Beim Verlassen des Turms streift mein Blick noch einmal den von Murat.

Er schaut traurig und zuckt mit den Schultern, als wollte er sagen, „was willst du da machen".

Er hat Recht. Eigentlich kann keiner was dafür, auch Carmen nicht. Sie ist halt das rattische Äquivalent zu Marlene Dietrich – „von Kopf bis Fuß auf Liebe eingestellt".

Und klar, dass kaum ein Hetero-Rattenmann ihr widerstehen kann, mit ihrem tiefbraunen Fell, so seidig glänzend, wie ich noch kein anderes gesehen hab, mit ihren tiefschwarzen fast unrattisch großen Augen und dem beinahe unanständig delikat gewölbten blassrosa Schnäuzchen, der perfekten Birnenform ihres kleinen Körpers.

Sie ist eine übernatürliche Schönheit – mit der Moral einer dauerläufigen Hündin ...

Mit wirklich letzter Kraft laufen meine Beinchen, die längst auf Automatik geschaltet haben, eine Ewigkeit später in unserem Bau ein und haben mich freundlicherweise mitgebracht. Dem Himmel sei Dank, dass Armand nicht zu sehen ist und auch sonst fast alle pennen. In der ersten Schlafkammer breche ich zusammen und falle, ohne auch nur noch ein Schnurrhaar zurechtzurücken, in einen tiefen, traumlosen Schlaf.

Blinzelnd öffne ich meine Äuglein und stelle nach einem kurzen Blick in Gang 2 fest, dass es gerade erst dämmert. Also kann ich mir endlich Zeit nehmen, alles, was ich in den letzten zwei Tagen erfahren hab, durchzudenken. Ich lege mich wieder hin und schließe die Augen:

Fangen wir mit dem Breitmoser an. Die Epp-Geschwister kann ich, glaub ich, abhaken, da kein erkennbares Motiv. Auch, wenn das Alibi natürlich ein bisserl dünn ist, weil sie sich das ja gegenseitig geben. Ihre Trauer schien echt – außer die sind immer solche Transusen. Nein, die lass ich erst mal weg. Zurück zum BMP-Kandidaten. Ich gehs klassisch an nach dem Schema: Motiv – Mittel – Gelegenheit.

Also was das Motiv betrifft, hat der Epp dem Peter Breitmoser schon eine satte Watschn verpasst: Haut einfach aus der Partei ab, kurz vor der Wahl und nimmt gleich eine größere Anzahl Wähler mit.

Und – nicht zu vergessen – Breitmosers eigene Sekretarin! He – kann es sein, dass der Peter was mit der Tante am Laufen hatte? Wie hieß sie nochmal? Ach ja, Uschi Maier. Das würde natürlich motivseitig gewaltig gewichten. Da muss ich mal recherchieren, wie, weiß ich noch nicht. Ich setze ein geistiges Lesezeichen.

Zum Thema „Mittel" hab ich ja schon gesagt, dass als Tatwaffe aus blauem Glas ja wohl alles in Frage kommen könnte. Von der Prosecco-Flasche über eine Vase bis zur blauen Garten-Kugel. Und die hätte Peterchen anschließend leicht loswerden können: in einem Mülleimer oder einem Glascontainer weit vom Tatort entfernt.

Und Gelegenheit? Breitmoser könnte sich so um zwei Uhr nachts daheim aus dem Bett geschlichen haben, seine Frau kriegt nix mit, weil sie sich ja die Ohren mit Wachs verstopft hat. Für unsereins eine grauenhafte Vorstellung. Nichts zu hören, kann bei einem Überfall im Bau den Tod bedeuten. Bei menschs sind die Nester wohl sicherer …

Jedenfalls hätte der Breitmoser den Epp am Marienplatz abpassen können. Er schlägt Epp mit dem Glasdingens nieder, steckt es zurück in die Plastiktüte, latscht dann seelenruhig über Stachus und Hauptbahnhof zur Hackerbrücke, wo er z.B. in einer Nebenstraße die Mordwaffe tonnenwärts entsorgt und steigt dann seelenruhig in die erste S 2 nach Obermenzing. Er schlüpft zurück ins Bett zu seiner Frau, die nie nichts davon gemerkt hat, dass er weg war.

Klar ist der Plan nicht risikofrei. Aber: No risk, no fun!

Ich denke, seine offensichtliche Wut auf Otto Epp könnte stark genug gewesen sein, um einen Mord zu begehen. Und das cholerische Temperament passt zu einer Affekttat. Was nicht passt, ist das freundliche Gespräch, das beide laut Zeugen vor der Tat geführt haben. Vielleicht hat er ja so getan, als wollte er sich mit Epp versöhnen? Oder sie hatten sich tatsächlich versöhnt, aber dann hat Otto was fatal Dummes, Provozierendes gesagt – das traue ich dem, nach allem, was ich erfahren hab, inzwischen zu. Was leider auch nicht passt – wie meine Kommissare schon sagten – ist, dass er kaum wissen konnte wo (und wann!) Otto sich aufhalten würde.

Jetzt zu Felix Schneider-Breisgau. Ich neige dazu, Lisis Einschätzung zuzustimmen, dass seine abgeklärte Haltung nur Fassade ist. Inwendig ist der Typ ehrgeizig und sehr eitel, das ist meine Meinung. Außerdem halte ich ihn für nachtragend. Allerdings glaube ich, dass er seine Rache eher kalt serviert. Und so, dass es ihm selbst auf keinen Fall schaden kann.

Aber das Opfer soll wissen, wer ihm die Prügel verpasst hat und die Niederlage möglichst lange im Gedächtnis behalten. Bei einem toten Opfer wäre der Spaß da zu schnell zu Ende, wenn Ihr mich fragt. Deswegen ist Felice nicht so mein Favorit als Verdächtiger.

Aber: Motiv grundsätzlich ja, Mittel auch und Gelegenheit ebenfalls positiv.

Last but not least (Englisch war nach Kriminalistik mein zweites Lieblingsfach an der ILS!) die Sarah Kirschbauer. Sie ist ein Profi, ganz die demonstrativ-natürliche APM Politikerin. Freilich hat sie dicken Zoff mit Epp gehabt.

Aber sie hat einfach eine leidenschaftliche Persönlichkeit – ähnlich wie Armand. Streit ist für sie eher ein Lebenselixier, als etwas, für das man sich rächen muss. Außerdem hat sie ein Alibi, wenn meine Polis keinen Taxifahrer finden, der Madame Kirschbauer in der Mordnacht gefahren hat, oder jemanden, der ihr ein Auto geliehen hat. Das muss ich später nachprüfen, geistige Notiz Nummer zwei.

Ich merke, dass Sarah eigentlich nicht auf meiner persönlichen Liste der Tatverdächtigen steht. Sagen wir vorläufig, sie hat den letzten Platz. Auf Platz zwei rangiert Felix Schneider-Breisgau. Platz eins hält bei mir nach derzeitigem Erkenntnisstand Peter Breitmooser.

„Mahgsi, mon ami, biis du endlisch waach!" Ich öffne meine Augen zum zweiten Mal an diesem Morgen. Armand nähert sich, seine Bewegungen elegant wie immer. Was ist schöner, als von der Liebe seines Lebens geweckt zu werden. Da ich weiß, dass dieser Traum gleich vorbei sein wird, will ich mich wenigstens ganz kurz meiner Illusion hingeben:

Mein Blick streift sein seidiges kastanienbraunes Fell, die tiefdunklen Augen, schimmernd wie flüssige Schokolade (genau zwei Schuss Zartbitter- und ein Schuss Vollmilch!), die zartrosa Öhrchen, den edlen Schwung seiner altrosa Schnauze, seinen anbetungswürdig gerundeten kleinen Hin…

„Mahgsi, du alter Longschläför! Isch ab disch den gonzön Tag schlafen lassen, weil du so fährtig ausgöschaut ast, aber jetzt kann isch nischt mehr wartön. Ast du Carmen gefundön? Ersähl mir alles, schonn misch nüscht!"

Blinzelnd sehe ich mich um. Tatsächlich, wer da neben mir schläft, sind die Methusalixe unseres Clans. Was ich vorher für die Morgendämmerung gehalten habe, war anscheinend eher der Sonnenuntergang! Da hab ich doch glatt 18 Stunden durchgepennt – Mann, muss ich k.o. gewesen sein!

Was ich dann sage, habe ich mir auf dem Rückweg vom Hochbunker zurechtgelegt.

„Ja, ich hab Carmen getroffen. Und sie ist tatsächlich bei Berkan. Ähh, sie haben einen abgedrehten Tanz getanzt (was wenigstens in grober Nähe der Wahrheit liegt). Schließlich ist er ihr Tanzlehrer für ihren Auftritt bei der 300-Jahr-Feier unseres Baus."

Ja, ich bin wirklich so dämlich. Das haben wir ja bereits mehrfach festgestellt. Ich lüge meinen Geliebten an, damit der bei seiner Freundin bleibt, anstatt sich – vielleicht ja endlich doch noch, gerade nach einer (wiederholten!) herben Enttäuschung – endlich *mir* zuzuwenden.

Aber ich kann einfach nicht anders. Kann ihn nicht so leiden sehen. Denn ich weiß, dass Carmen ganz schnell die Nase voll von Berkan haben und zu Armand zurückkehren wird. So war es bisher immer. Und die zwei, mal ehrlich, brauchen dieses ganze Rauf und Runter irgendwie. Sind beide echte Dramaqueens, besonders Armand.

Langsam denk ich, ohne seine Zutiefst-betrübt- und anschließenden Himmelhoch-jauchzend-Phasen fehlt ihm was …

Und irgendwo, ganz ganz tief innen, weiß ich, dass Sirkit Recht hat. Dass es keinen Sinn hat, weiter auf ihn zu warten und auf ein Wunder zu hoffen. Diese plötzliche Erkenntnis lässt Tränen in meine Äuglein steigen. Ich wische sie mit der rechten Vorderpfote weg und tue so, als würde ich mir den Schlaf aus den Augen reiben.

Armand merkt aber eh nix von meiner Gemütslage, da er vollauf mit seiner eigenen beschäftigt ist: gewaltige Erleichterung.

Folglich plappert Armand jetzt munter drauflos, von Carmens herrlichen schwarzen Augen, in die man versinken kann. Von dem Ausflug, den Carmen und er vor Kurzem in den Nymphenburger Schlosspark unternommen haben, wo sie – welch herrlicher Leichtsinn – einer Führungsgruppe hinterher gehuscht sind. Davon, dass sie sich demnächst endlich einmal in die Schatzkammer der Residenz wagen wollen – das natürlich nachts usw. usw.

Ich höre gar nicht richtig hin, halte dem bitteren Abschiedsschmerz in meinem Inneren Stand, der jetzt immer stärker wird und wende meine Gedanken nach einiger Zeit bewusst wieder dem Fall zu, ohne den Schmerz wegzuschieben.

Kismet! (Bayrisch-türkisch-arabisch für „Schicksal"…). Die Aufgabe hilft mir, nicht in der Trauer zu versinken.

Was soll ich als nächstes tun, wo recherchieren, wen unter die Lupe nehmen? Da fällt mir etwas ein, was Gudrun Epp bei meiner Stippvisite in der Villa erwähnt hat: dass Otto am Montag beerdigt wird, also morgen. Und in allen Krimis, die ich bisher gelesen habe, sind die Detektive immer bei der Beerdigung dabei und entdecken einen Verdächtigen.

Da muss ich also unbedingt dabei sein!

Schlagartig bin ich jetzt wieder ganz im Hier und Jetzt (auch, wenn sich in meinem Bäuchlein weiterhin ein schwarzes Loch befindet, das den Rest meines Körpers einsaugen will).

Bevor ich meine Recherche zum Wo und Wann von Ottos Beerdigung starte, will ich Marktschreier und Zwiebel nach möglichen Ergebnissen ihrer Aufgaben fragen. Marktschreier brauch ich nicht lang suchen – er kommt schon auf mich zugerannt und sprudelt los:

„Hallo, lieber Maxi! (Schnauzeneinsatz) Ich hab deinen Suchauftrag weitergeleitet. Bis jetzt habe ich nur die Ergebnisse von Donisl, Marienplatz-Brunnen und Promenadeplatz. Unsere fleißigen Kollegen haben dort jeden Stein umgedreht, aber leider nichts gefunden." Jetzt macht der Marktl wieder ein langes Gesicht.

„Aber vielleicht finden ja die anderen was", muntert er mich – und sich – gleich wieder auf. „Nur nicht gleich die Flinte ins Korn werfen! Wir bleiben am Ball!"

Der Marktl ist manchmal ein bisserl nervig weil irgendwie hyperaktiv. Aber er ist auch super zuverlässig und ein echtes Stehaufmännchen.

Wider Erwarten ist es Zwiebel, der die interessante Neuigkeit bringt. Und zwar von Bartholomäus vom Dom.

„Hey, Maxi!".

„Hey, Zwiebel." (Ohne Schnauze – Zwiebel ist gegen die Riten des Establishments).

„War beim Sepp – auf *der* Baustelle gibt's nix Neues. Hatte aber ein geiles Weißbier, oh Mann! Dann bin ich zu Bartl. Der Typ isn bissl schräg drauf, oder? Erst wollt der gar nich mit mir reden. Hat mit den Vorderpfoten in der Luft rumgefuchtelt und „bedecke, dich, bedecke dich!" geschrien und was von „Keuschheit" und „Gott" und „abstoßende Nacktheit" gesabbelt. Dann hat er mir son Kuttendings übergeworfen. Dann hat er sich langsam beruhigt.

Was hat er bloß damit *gemeint*, Maxi?"

„Ähh ... ahh ... weiß ich auch nicht genau, Zwiebel. Is wahrscheinlich so ein Kirchending. Erzähl doch weiter."

„Als ich Bartl gesagt hab, dass du mich geschickt hast, is er richtig zutraulich geworden. Und stell dir vor: Er hat den Typ, der in der Mordnacht mit dem Epp geredet hat, tatsächlich nochmal gehört! Der war in der Marienkapelle und hat eine Kerze gestiftet und vor sich hin geredet. Und weil sich der Bartl schon gedacht hat, dass dich das interessiert und wegen irgendeiner göttlichen Mission hat er sich angeschlichen und versucht, den Kerl zu sehen."

„Und, hat er ihn gesehen? Wie sah er aus? Was hat er gesagt?", dränge ich ganz aufgeregt und tripple auf der Stelle. Aber Zwiebel kann man nicht beschleunigen. Er bleibt einfach immer bei seinem Tempo. Ist echt beneidenswert!

„Mensch, das sind jetzt aber ganz schön viele Fragen auf einmal. Also: Bartl hat nich so viel verstanden, weil, der Typ hat nich wirklich laut geredet. Bartl hat aber deutlich die Wörter „Schuld" und „Vergebung" gehört. Und er weiß klar, dass es ein Mann war. Wie der ausgesehen hat, äh, kann Bartl leider auch nich sagen. Der war ziemlich vermummt. Von wegen dicker Wintermantel und Hut und dicker Schal bis über Mund und Nase.

Weiter rauf sehen is für Bartl nich möglich, da wird's verschwommen, sagt er. Is halt doch schon steinalt, der Gute. Genauso is es mit dem Riechen. Klappt nich mehr wirklich so gut. Bartl konnte nur sagen, dass der Kerl nach Schwein gerochen hat. War aber wohl weniger mangelnde Körperhygiene, eher kürzliches Essen, meint Bartl. Tut ihm echt leid, dass er dir da nich weiterhelfen kann", beendet Zwiebel seinen Bericht. Was soll man dazu noch viel sagen?

9 Eine Ratte geht den Bach runter

Wie krieg ich jetzt raus, wo Epp „inhumiert" wird (O-Ton Terry Pratchett) und wann genau? Da fällt mir ein, dass ich ja stolzer Besit…, äh *Verwahrer* eines I-Pad bin. Und da Epp eine bekannte Persönlichkeit war, dürfte es nicht schwerfallen, die nötigen Infos herauszufinden.

Ich klopfe Zwiebel freundschaftlich auf die Schulter, murmle ein „Vielen Dank für die gute Arbeit" und bin dann mal weg.

Innerhalb von fünf Minuten hab ich erfahren, dass die Feierlichkeiten für Otto Epp am Montag, um 10 Uhr in der Aussegnungshalle auf dem Nordfriedhof beginnen. Und wo ich schon dabei bin, lass ich mir auch gleich von „bahn.de" dann den schnellsten Anfahrtsweg per MVV anzeigen. Internet is toll. Wusstet Ihr, dass man mit der U6 in nur 8 Minuten von hier aus am Nordfriedhof ist?

Der Standort Marienplatz München ist echt eine Superadresse!

Freilich kann ich nicht bequem die U-Bahn um 9:44 nehmen, sondern schon die um 5:44, weil ich den Schutz der wenig befahrenen Nachtzüge und den der Dämmerung ausnutzen muss. Aber dann hab ich genug Zeit, mir ungestört einen sicheren Beobachtungsposten zu suchen. Und ausgeschlafen hab ich ja jetzt zur Genüge, sodass mir das frühe Aufstehen nix ausmachen wird. Jetzt bin ich natürlich noch überhaupt nicht müde. Ich sollte die Zeit nutzen, um die „heiße Spur" in den ersten Tagen nach dem Mord nicht kalt werden zu lassen.

Also beschließe ich, heute um 22 Uhr rum den Herrn Breitmoser zu Hause zu besuchen. Dann penn ich dort und muss morgen um – einen kleinen Moment bitte – 5:20 Uhr am Bahnhof Obermenzing die S2 besteigen. An Marienplatz: 5:34 Uhr, umsteigen in die U6, ab Marienplatz 5:44, an Nordfriedhof: 5:52. Perfekt!

Als es dunkel ist, hab ich noch ein bisschen Zeit bis zur Abfahrt meiner S2. Also verlass ich den Bau über Gang 2 und geh mir die Beine vertreten. Nur nicht rumsitzen und ins Grübeln kommen. Gut, dass ich den Fall hab und mich ablenken kann von dem Verlustschmerz in meinem Innern.

Weil ich in Gedanken meinen Mordfall hin- und her wälze, merk ich gar nicht, dass ich inzwischen am schönen Sankt-Jakobsplatz gelandet und durch das Torgitter in den Eingangsbereich des Stadtmuseums geschlüpft bin.

Dafür merke ich schnell, dass es für eine kleine Ratte sehr gefährlich ist, unaufmerksam durch die Gegend zu spazieren …

„Ja da Maxi. So sieht man sich wieder", tönt es nämlich hinter mir, kehlig und tief und spöttisch.

Ohne mich umzudrehen weiß ich, dass jetzt meine Stunde geschlagen hat. Diesmal kann ich ihm nicht entkommen.

Der Vorhof ist von allen Seiten mit Mauern und verschlossenen Türen umgeben, um mögliche Schlupflöcher in den Kellerschächten zu suchen, fehlt mir die Zeit.

Die einzige sichtbare Öffnung ist der Torbogen, durch den ich hereingekommen bin – und vor dem hat *er* sich jetzt breitgemacht.

Er ist fast doppelt so groß (und breit) wie ein normales Exemplar und der einzige Kater, den ich nicht niederstarren kann. Bisher bin ich ihm zweimal entkommen, durch pures Glück. Ich fürchte, dass es mich heute im Stich lassen wird.

Schmutzig grau-braun-rot getigertes Fell, gelbe stechende Augen, ein zerfetztes Ohr und ein fünf Zentimeter langer Streifen unter dem linken Auge, wo kein Fell mehr wächst. Dort zieht sich eine Narbe entlang und leuchtet in der Dunkelheit gespenstisch weiß. Ihre Entstehung ist legendär, ebenso wie ihr Träger.

Jedes Säugetier in München weiß, dass sie vor Jahren in einem erbitterten Kampf gegen einen Rottweiler entstanden ist. Am Schluss des Kampfes war der Rottweiler tot.

Ich versuche, das Zittern aus meiner Stimme zu verbannen – es gelingt mir schlecht:

„Grü-üß dich, Franz-Jo-osef, wie geht's-s?"

„Ois im grünen Bereich!", dröhnt die Monsterkatze in ihrem rauen sonoren Bass und du meinst, die Stimme entsteht nicht außen, sondern direkt in deinem Kopf. So als hätte sie von deinem Gehirn Besitz ergriffen.

Das ist natürlich alles Einbildung, Psychologie, Voodoo, das du mit dir selber spielst. Aber diese Erkenntnis nützt mir gerade gar nichts – der Typ hats echt drauf. Ich hab alle Hände voll zu tun, mich nicht in eine Maus zu verwandeln, vom Blick der Schlange paralysiert.

„Was gschaftelst denn jetzt wieder rum – so weit weg von dahoam", gurrt er spöttisch.

Mir kriecht die Gänsehaut an Stellen, von deren Existenz ich bisher nichts ahnte.

„Iiich ermitt-mittle in dem Mo-hordfall, duh haast sicher davon g-hört, sie brauu-chn mi da gaanz dr-ingend, die Poo-lizei kommt alloooa n-net weiter" stammle ich im bayrisch-hochdeutschen Mix.

Mein Gott, das ist ja sowas von peinlich!

„Ah jo, da OB-Kandidat", röhrt Franz-Josef. Dann leckt er sich superlässig über die Pfote und verkündet mein Schicksal:

„I füacht bloß, die Zweibeiner werdn des Rätsl aloa lösn miassn. Bis jetzt hast di ja imma tapfer ghaltn, Rattenkaschper. Aba diesmal ghörst da Katz. Im wahrsten Sinn des Wortes!" dröhnt das Riesenvieh mit einem grollenden Lachen, das mir einen herrlichen Ausblick auf messerscharfe Eckzähne Marke XX large gewährt.

Ich wünschte, ich könnte mit einer sarkastischen Bemerkung kontern, aber mein Hirn hat zu 96 Prozent die Tätigkeit eingestellt. Die restlichen vier Prozent allerdings wollen nicht aufgeben. Fieberhaft suchen sie nach lebensrettenden Argumenten, während Franz-Josef lässig, wie beiläufig auf mich zuschlendert.

„Ü-hberleg dir hdes noch-m-mal, Franz-Joosef. Oh-ne mich wärs di-hir doch lang-hweilig! Mia ham doch imma aan Hau-fn Sp-haß ghabt mitan-nand!"

Mit jedem Satz schraubt sich meine Stimme die Tonleiter bis zur nächsten Oktave hoch.

„Auu-ßa mir traut si do-hoch koana, sich gegn dich zum Weh-heehren! Du brauch-st mi! Was wär Doktor Moriahty ohne Sher-lock Holmes? Oder da Joh-ker ohne an Bähtmän?"

„Jo, des stimmt scho", konstatiert Franz-Josef in gutturalem Bayrisch und seiner bedächtigen, jedes Wort betonenden Art, „I hab mi imma guat mit dir amüsiert." Er macht eine Denkpause und ich glaub schon, er lässt mich laufen, da beendet Franz-Josef unsere kleine Diskussion abrupt:

„Aba I muas auf mein Ruf achtn. Soi si net rumsprecha, dass du mir zum drittn Moi abghaut bist. Is schlecht fürn Respekt."

Der Kater steht jetzt direkt vor mir und hebt seine riesige Pranke zum finalen Schlag.

„Ich weiß, wo es Weißbier in unbegrenzten Mengen gibt!!!", höre ich mich schreien und bin selbst überrascht.

Dieser Satz hat sich ohne Beteiligung meines Gehirns direkt auf meinen Stimmbändern geformt. Was nämlich für mich die F-Semmel, ist für Franz-Josef sein Weißbier.

Jetzt seh ich zum ersten Mal Verunsicherung in den Augen des Katers. Da leg ich gleich nach:

„Ich kenn eine Stelle, wo sich jeden Tag junge Leut heimlich zum Biertrinken treffen, da bleiben halbvolle Flaschen zurück! Immer! Wenn du mich gehen lässt, nur dieses eine Mal noch, dann zeig ich dir, wo!"
Gefühlte zwei Jahre später willigt Franz-Josef in den Deal ein und ich hab Mühe, mir vor Erleichterung nicht in die metaphorischen Hosen zu scheißen.

Da Franz-Josef darauf besteht, dass ich vorangehe, stehen meine Haare am ganzen Körper praktisch senkrecht ab. Ich hab das Gefühl, mein Nackenfell versucht sogar, mir nach vorn über den Kopf zu kriechen, bloß um weiter weg von F.J. zu sein. Man weiß ja nie, ob der launische Monster-Kater nicht plötzlich nochmal seine Meinung ändert.

Schließlich komme ich aber doch am Stück an. Das Weißbierdepot liegt im alten, inzwischen trocken gelegten Pfisterbach am Hofgraben gegenüber der alten Münze – nicht weit vom Hofbräuhaus entfernt. Da, wo das ehemalige Bachbett in einen unterirdischen Tunnel mündet, treffen sich allabendlich Jugendliche zu Saufgelagen. Jedenfalls haben sie das früher immer getan und ich hoffe inständig, dass sich daran nichts geändert hat. Immer lassen sie die Bierflaschen zurück und oft ist noch ziemlich viel Gerstensaft drin.

Gott sei Dank liegen auch heute vier geöffnete Weißbierflaschen rum, zwei davon nur zu drei Vierteln geleert. Franz-Josef stürzt sich praktisch drauf und ich mach mich ebenso unauffällig wie schnell vom Acker.

10 Das Ratt ist ab

Um kurz nach 23 Uhr abends sitz ich endlich bei Breitmosers im Garten ihres Obermenzinger Anwesens. Ich versuche mich durch intensive Beobachtungsarbeit von dem eben erlebten Schock abzulenken. Das funktioniert. Stattlich ist das Haus und wirkt im Gegensatz zur Eppschen Antikvilla relativ modern. Dass sich Breitmosers in einem Bungalow niedergelassen haben, kommt mir sehr gelegen.

Zum einen spielen sich alle Handlungen meiner Zielperson im ebenerdigen Stockwerk ab. Zum anderen sind alle Räume mit bodentiefen Fenstern ausgestattet, weil der Garten von zwei Seiten durch das Haus und von den anderen zwei Seiten durch hohe Hecken begrenzt ist und die umliegenden Hütten auch alles Bungalows sind: sprich, er ist von außen nicht einsehbar.

Unter einem Kirschlorbeer, der nahe beim Breitmoserschen Wohnzimmerfenster steht, beziehe ich Posten. Peterchen und seine Frau sind Gott sei Dank noch wach, sitzen sich in der Sofaecke gegenüber und schlürfen an irgendwelchen, vermutlich nicht „bleifreien" Getränken. Gott sei Dank hab ich heute daran gedacht, mich selbst kulinarisch zu versorgen, bevor ich losgegangen bin: Ein paar freundliche Marienhofbesucher haben auf ihrer Sitzbank ein halbes Tomaten-Mozzarella-Rucola-Baguette und einen großen Rest Pizza Funghi hinterlassen. Schleck!

Da die Küche der Breitmosers an die Seite des Wohnzimmers angrenzt und Frau Breitmoser („Else") das Küchenfenster anscheinend nach einem späten Abendessen zum Dunstabzug auf „kipp" gestellt hat, kann ich jedes Wort der beiden verstehen. Ich liebe Euch, oh Ihr sensiblen Rattenohren! Else redet irgendwie komisch, so als ob sie versucht, ihr bayrisch hochdeutsch klingen zu lassen.

„Deine Schuh für die Beerdigung morgen hab ich dir schon geputzt", verkündet sie gerade. Ich leg dir nachher deinen Anzug und die Krawatte für die Beerdigung heraus."

Holla, sind wir *ein wenig* konservativ?

„Ich hab an Kranz bestellt mit weißen Rosen, dunkelroten Gerbera und einer jägergrünen Schleife. Drauf steht: „Einem großen Münchner und treuen Freund – Peter Breitmoser." Sehr passend …

Am Ende jedes Satzes von Else grunzt ihr Gatte. Ob zustimmend oder kritisch, kann ich nicht sagen. Aber Else ist das offensichtlich gewöhnt. Ungestört plappert sie weiter: „Ich hab des extra so schreiben lassen, weil ich den Gerüchten entgegenwirken wollt, dass der Epp und du Euch gestritten habts."

Gegen Ende des Satzes wird ihre Stimme immer leiser. Oha, Maxi jetzt spitz deine Ohren! Erstmals antwortet nun der Peter:

„So ein Schmarrn! Als ob ich nix Besseres zu tun hätt, als dem Epp eins über sein Schädel zu geben und mei Karriere zu ruinieren!"

Schon wechselt seine Gesichtsfarbe wieder zu einem

leichten Rosaton. Weil er dadurch mit dem Terrakotta-Ton der Wohnzimmertapete harmoniert, muss ich unwillkürlich an ein Chamäleon denken.

„Dir kann doch keiner was", beeilt sich seine Frau, ihn zu beschwichtigen. „Du bist doch neben mir glegn in derer Nacht," sagt sie, geht aber am Satzende mit der Stimme nach oben, wie bei einer Frage … Das ist auch dem Peter nicht entgangen.

„Zweifelst vielleicht dran!?" Jetzt ist der Breitmoser fuchsteufelswild. „Steck da halt net immer deine Stöpsel bis zum Anschlag in die Ohrn, wennst nachad nix mehr mitkriagst!"

So schwungvoll steht Breitmoser auf, dass sein Stuhl nach hinten kippt und scheppernd auf den Marmorfliesen aufschlägt.

„I geh ins Bett!", verkündet er und stapft aus dem Zimmer. Also, wenn der Breitmoser den Epp gekillt hat, weiß seine Angetraute jedenfalls nix davon.

Else räumt ernsten Blicks das Geschirr ab und stellt alles in die Spülmaschine. Während ich zwei Zimmer weiter rechts eine Lesefunzel angehen seh (den Anblick des sich ausziehenden Peters schenke ich mir gnädigerweise), löscht Else im Wohnzimmer das Licht und verschwindet ebenfalls in die Richtung, die ihr Mann genommen hat. Ich lauf schnell hinterher und duck mich unter einen vor dem Schlafzimmerfenster stehenden Rosenstrauch. Autsch! Diese verdammten Dornendinger ruinieren mir noch mein seidenweißes Bauchfell. Da, ein winziges rotes Blutströpfchen ist schon drauf! Sofort putze ich es hektisch unter Einsatz von Zunge und Pfoten weg. Schmutz am Körper wird bei mir im Keim erstickt.

Mist, jetzt hab ich nicht mitbekommen, was meine Zielpersonen gemacht haben. Jedenfalls ist Else inzwischen ebenfalls im Bett gelandet und das Licht gelöscht. Alsbald weht ein mildes Schnarchen an meine Ohren und ich will mir gerade einen geeigneten Schlafplatz suchen, da seh ich, wie sich ein Schatten aus dem Bett erhebt. Es ist der Peter. Er klaubt seine Klamotten zusammen und schleicht aus dem Zimmer.

Hab ich schon erwähnt, dass wir Ratten praktisch im Dunkeln sehen können?

Als mir plötzlich klar wird, dass er das Haus verlassen will, haste ich parallel zu ihm am Haus entlang. Soviel zu deinem Alibi, Peterchen! Ich quetsche mich durch die Hecke, presche außen ums Grundstück herum und Richtung Eingangstür. Gerade noch rechtzeitig komme ich an, um ihn die Garage aufmachen zu sehen.

Ich denk schon, jetzt fährt er weg und ich hab ihn verloren, da merk ich, dass er den Wagen gar nicht startet. Vielmehr lässt er ihn aus der Garage rollen, die Zufahrt ist wohl leicht abschüssig.

Dann öffnet er die Tür des Wagens – hintendrauf ist so eine runde Plakette mit weiß-blauen Rauten in der Mitte und rechts steht ein großes „M" – und steigt aus, um das Garagentor leise zu schließen.

Jetzt oder nie, denkt ein Teil von mir und ehe ich mich verseh, bin ich ins Auto gehopst und unter den Fahrersitz gekrochen.

Nur Sekunden später kommt Breitmoser, lässt sich auf den Fahrersitz fallen und mein kleines Rattenherz macht wieder einmal einen weltklasseverdächtigen Sprint. Irgendwie hab ich das Gefühl, bei der irrsinnigen Entscheidung, in diese Blechkiste zu steigen, nicht wirklich gefragt worden zu sein. Dann fährt Breitmoser los. Zunächst wieder nur im lautlosen Rollverfahren, bald mit angelassenem Motor.

Nach viel Geschaukel und Motorenlärm (und intensivem Bemühen, mein Abendessen drinnen zu behalten) stoppt Breitmoser den Wagen. Erst jetzt wird mir klar, dass ich keine Ahnung hab, wie ich die Karre unbemerkt wieder verlassen soll. Da kommt mir der Gott der blinden Passagiere zu Hilfe. Breitmoser macht die Beleuchtung des Wagens aus und es ist augenblicklich stockdunkel, selbst für mich. Erst, als er die Fahrertür öffnet, kann ich Umrisse erkennen – er mit seinen minderbemittelten Menschenaugen (tut mir Leid, *ist* so!), sieht garantiert nix. Sofort nehm ich die Gelegenheit wahr, hüpfe raus und husche unters Auto.

Breitmoser macht die Tür leise zu und entfernt sich dann vom Wagen. Ich halt mich dicht auf seinen Fersen. Als er plötzlich stehenbleibt, wär ich beinah in ihn reingelaufen. Kann grad noch bremsen. Breitmoser dreht sich nach links und scheint dort etwas zu suchen. Jedenfalls tastet die blinde Fledermaus an einer Gittertür herum. Diese schmale Tür unterbricht eine lange Mauer, an der wir gerade entlanggelaufen sind und die sich hinter und vor uns in der Ferne verliert.

Dann hat Breitmoser anscheinend gefunden, was er gesucht hat – jedenfalls schwenkt die Tür leicht quietschend auf. Er huscht hindurch. Ich warte gelassen, bis er sie wieder zugemacht hat und ein paar Schritte weit auf dem schmalen Weg gegangen ist, der von der Tür geradeaus wegführt.

Die Gitterstäbe stehen etwa 15 Zentimeter auseinander – für mich nicht wirklich ein Problem. Wir sind hier anscheinend in einem riesigen Park. Bäume wechseln sich ab mit Wiesen, der Pfad ist gewunden und nicht asphaltiert. Sehr viel angenehmer zu laufen. Da es in der Stadt nicht allzu viele so riesige Grünflächen gibt und wir von Obermenzing nicht sehr weit gefahren sind, tippe ich auf den Nymphenburger Schlosspark.

Hier residieren sage und schreibe 44 Rattenclans. Sie leben tatsächlich wie die früheren Könige, weil hier an viele Stellen kaum jemals ein Mensch hinkommt. Hunde sind an der Leine und nachts ist überhaupt niemand da – normalerweise jedenfalls. Ich hab die Guten oft beneidet.

Diese Ruhe! Dieses unbeschwerte Leben in der Natur!

Sehr sympathisch sind die „Nymphenburger Schlossratten" allerdings nicht. Weil sie wenig Menschenkontakt haben, sind sie halbwild. Halten sich für die einzig wahren Ratten und den Rest von uns Münchner Nagern für verweichlichte Memmen.

Hah! Ich möchte mal sehen, wie die mit den Touristenmassen am Marienplatz fertig werden!

Wahrscheinlich würden sie vor Schreck einen Herzinfarkt kriegen!

Wer von uns im Schlosspark neu siedeln will, wird sofort

weggejagt. Die „Schlosslackeln", wie wir sie im Gegenzug wenig schmeichelhaft nennen, verteidigen ihr Revier mit Zähnen und Klauen. Wer will es ihnen verübeln, denke ich mit einem Seufzer.

Inzwischen ist es ein bisschen heller geworden, so dass ich in der Ferne einen kleinen See erkennen kann. Eine wunderschöne Atmosphäre ist das hier. Die Luft ist mild für die Jahreszeit, klar und still. Nur in den Gipfeln der Bäume seufzt leise der Wind. Es duftet ganz zart und verheißungsvoll nach dem Frühling, der bald kommen wird. Darüber könnt ich fast poetisch werden. Das geht auch deswegen, weil das zweibeinige Trampeltier vor mir natürlich alle möglichen vierbeinigen Parkbewohner fernhält, die mir gefährlich werden könnten.

Jetzt wird der Breitmoser immer schneller. Vielleicht ist er spät dran? Er biegt nach rechts ab und plötzlich taucht am Wegrand so ein Typ auf, der ein Flötendings spielt und –Himmel hilf – eine Art Pferdefüße hat!? Neben ihm sitzt ein Ziegenbock und himmelt ihn an! Gott sei Dank erkenne ich rechtzeitig, dass das alles aus Stein gemeißelt ist und laufe kopfschüttelnd weiter. Uff!

Auf einmal liegt der See, den ich vorher nur von Weitem gesehen hab, direkt vor uns. Am Ufer steht eine Art Pavillon. Monopterosartig, wie im Englischen Garten, mit vielen Säulen und Kuppeldach. Und drinnen steht eine Frau im mittellangen, engen schwarzen Rock mit schwarzen hochhackigen Stiefelchen. Dass die bei den relativ frischen Temperaturen nicht friert!? Breitmoser geht auf sie zu und bleibt dicht vor ihr stehen.

Hah! Supermax hats gewusst!

Peterchen hat ein Verhältnis!
Stolz wölbe ich meine Brust nach vorne, obwohls in dem Gebüsch, unter dem ich verschwunden bin, eh keiner sieht.

Gerade will ich mich in Selbstbeweihräucherung suhlen, da kommt mir ein schrecklicher Gedanke.

D- Die werden jetzt doch nicht da drin anfangen, zu …
Das muss ich jetzt gar nicht haben, Menschen beim „Ratteln" zuzuschauen – igitt! Ich presse mir beide Vorderpfoten auf die Äuglein.
Ich überlege noch, ob ich es schaffen könnte, mir gleichzeitig mit den Hinterpfoten die Ohren zuzuhalten, da fängt Breitmoser an zu sprechen.

„Hier. Das ist das letzte Mal, Frau Maier. Danach kriegen Sie keinen Cent mehr von mir. Wenn sie zur Polizei gehen wollen, bitte. Aber Ihr Hals steckt inzwischen mit in der Schlinge.

In dem Moment, wenn ich zugeben muss, dass ich von den Wahlkampfspenden etwas für „Sonderzwecke" abgezwackt hab, werd ich Sie wegen Erpressung anzeigen!

Auch die ist strafbar! Außerdem wird keine der großen Parteien und vermutlich auch niemand sonst Sie je wieder als Sekretärin anstellen."

Ich lasse meine Pfoten sinken und blinzle. Auch wenn ich mit der Hintergrundakustik menschlichen Liebesspiels nicht wirklich vertraut bin, ist mir klar, dass dieses Gespräch nicht dazugehört.

Da lag „Supermax" ja komplett daneben! Klingt sogar eher lauernd, wie Breitmoser das sagt, direkt drohend!

Ja, da legst di nieder!

Des is a – wia hat des no amoi beim Prof. Kolumbus an der ISL gheißn – Erpressung, ja a Erpressung!

Die Maier *erpressert* den Breitmoser, weil der unerlaubt Geld abzwackt hot. Oh, äh, bitte entschuldigt mein Stress-Bayrisch! Habs schon wieder im Griff …

Aufgeregt beobachte ich das Doch-kein-Liebespaar genauer. Die Uschi Maier – denn das da vor mir ist die Ex-Sekretärin vom Breitmoser, da wett ich meinen Kopf – hat den Umschlag, den ihr der Peter überreicht hat, inzwischen eingesteckt. Sie steht weiterhin vollkommen entspannt da und mustert ihn herablassend.

„Ich denke, Sie werden schön weiterzahlen, Herr Breitmoser. Sonst droht Ihnen womöglich eine schlimmere Anklage, als die wegen Veruntreuung."

Breitmosers Blick, mit dem er jetzt die Maier anstiert, kann ich nicht deuten. Jedenfalls steht er kurz davor, ihr an die Gurgel zu gehen, das rieche ich bis hierher. Anscheinend bin ich nicht der Einzige, dem das aufgefallen ist. Denn plötzlich löst sich aus dem Gebüsch links vom Pavillon eine dunkle Gestalt. Sie tritt einen Schritt vor und man kann am Umriss erkennen, dass es sich um einen Mann handelt. Einen ziemlich bulligen Mann.

Uschi ist also zu ihrem Date mit Peterchen nicht allein gekommen – schlaues Mädchen.

Dass sich ihr Bodyguard so nah verstecken konnte, ohne dass ich ihn bemerkt habe, spricht für ihn – und gegen mich. Was bin ich nur für eine Spürnase! Eine erbärmliche! Ich muss mal ein ernstes Wort mit mir reden.

„Nach dem ... „Vorfall" mit Herrn Epp, wollte ich heute Abend lieber nicht alleine kommen, das werden Sie sicher verstehen", bricht Uschi Maier das Schweigen.

„Wovon bitte *reden* Sie!?", ereifert sich jetzt Peter Breitmoser und sein Teint tendiert schon wieder ins Purpurne.

„Stellen Sie sich doch nicht dümmer, als Sie sind", zischt die Maier jetzt mit einer Härte in der Stimme, die ich der sonst so kontrolliert-freundlich wirkenden Frau nicht zugetraut hätte. „Sie haben Otto Epp umgebracht, weil Sie glauben, ich hätte ihm von Ihrem Vergehen erzählt. Ihnen war klar, dass Epp das sofort an die große Glocke gehängt und nicht eher Ruhe gegeben hätte, als bis Sie von der politischen Bildfläche für immer verschwunden wären."

„Was ist, sind Sie an mich nicht rangekommen?", fährt die Maier fort. „Wie gut, dass Vlado nicht von meiner Seite weicht. Als ich von Epps Ableben gehört habe, hab ich ihn engagiert." Jetzt beißt sie die Zähne zusammen und zischt Breitmoser an: „Und er wird mich auch künftig bewachen.

Außerdem habe ich bei mehreren Anwälten in der Stadt Briefumschläge mit meiner Zeugenaussage hinterlegt, die im Falle meines plötzlichen Todes der Polizei zugschickt werden. Übrigens auch, falls ich einer „Krankheit" oder einem „Unfall" erliegen sollte.

Ich bin kein „aufrichtiger Narr", wie Epp. In seine Partei hab ich nur gewechselt, weil er mir mehr bezahlt hätte, als Sie. Überlegen Sie sich also sehr gut, was Sie tun und zügeln Sie Ihr Temperament!"

„Übrigens hat sich die Summe, die Sie mir künftig monatlich schulden, gerade verdreifacht", erklärt Uschi, jetzt wieder ganz Pokerface, im freundlich-sachlichen Plauderton. Dann dreht sie sich auf dem Absatz um und verschwindet mit Vlado in der Dunkelheit.

Ein nettes Früchtchen das Frollein Ex-Sekretärin, meine Fresse! Breitmoser hat die ganze Zeit mit versteinerter Miene zugehört. Auch jetzt steht er da, als wär er zu einer der steinernen Statuen geworden, die den Park bewohnen.

Wieder zurück bei Breitmosers hab ichs mir im Gartenhäuschen gemütlich gemacht, find aber keine Ruhe. Das geheime Gespräch zwischen Breitmoser und der Maier Uschi sitzt mir noch in den Knochen.

Was Ihr Menschen für Spiele miteinander treibt, nicht zu fassen! Natürlich gibt es auch unter uns Ratten bösartige Exemplare. Aber wir sind irgendwie … direkter. Nicht so hinten rum und falsch-freundlich. Bei uns weiß man gleich, wie die Aktien stehen.

Na, jedenfalls hat die Maier meinen Verdacht gegen den Breitmoser ja praktisch bestätigt. Und der hat auch nicht geleugnet, Epp umgebracht zu haben.

Ich sollte jetzt also eigentlich zufrieden sein, weil: Fall gelöst. Aber irgendwie hab ich so ein komisches Gefühl im Magen. Kann freilich auch an der Tüte Gummibärchen liegen, die ich auf dem Weg zum Breitmoserschen Anwesen vertilgt habe.

Ist doch nicht meine Schuld, wenn irgendein verwöhntes Kind seine Süßies nach zwei Bissen wegschmeißt! Und für die legendäre

Süßigkeitenverliebtheit der Ratten kann ich schon gar nix! Die ist eingebaut.

Tatsächlich ist für mich jetzt klar, dass es der Breitmoser war: 1. Er hat kein Alibi, denn die Aussage seiner Frau war, wie ich heut Nacht gesehen hab, nix wert. 2. Zu dem Motiv „Verrat" an Breitmosers Partei plus Stimmenklau ist noch ein weiteres hinzugekommen:

Angst vor Strafverfolgung und öffentlicher Bloßstellung, drohendes Ende seiner Karriere, wegen des Betrugs, von dem Uschi Maier geredet hat. Also Gelegenheit und Motiv sind vorhanden, das Mittel ist beliebig verfügbar, wie schon erwähnt. Der wars.

Für mich kommt es jetzt drauf an, das auch zu beweisen. Wie? – Da ist guter Rat teuer. Weil die Tatsache allein, dass Breitmosers Alibi wertlos ist, wird nicht reichen, ihn zu überführen. Und abgesehen davon, hab ich bei Prof. Kolumbus eines gelernt: In der Realität ist es nicht so wie in den Fernseh-Krimis – dass der Inspektor nach ein paar Blicken auf die verdächtigen Personen weiß, wer der Täter ist.

Die Wirklichkeit ist wesentlich komplizer ... kompletter ...kom... vielschichtiger. Deswegen stellt der professionelle Detektiv zwar Vermutungen an, prüft aber trotzdem alle anderen Verdächtigen auf Herz und Nieren.

Also: Ich glaub zwar, dass der Breitmoser es getan hat, überprüfe aber noch den Schneider-Breisgau. Die Kirschbauer überlass ich erst mal den Kommissaren – die kriegen schnell raus, ob sie ein Taxi genommen oder ein Auto geliehen hat. Was die ganzen Leute betrifft, mit denen Epp in seinen Vereinen und Organisationen zu tun hatte, hab ich momentan keinen Plan, wie ich an die rankommen soll. Sie scheinen aber auch für Lisi und ihre Crew nicht zu den Hauptverdächtigen zu gehören. Also halte ichs erst mal genauso.

 Was den RPfM-Mann betrifft, hab ich keine Lust, schon wieder durch halb München nach Bogenhausen bzw. Giesing zu fahren. Hab langsam die Schnauze voll vom Mitten-in-der-Nacht-Aufstehn und den „Hotelbetten" in irgendwelchen Kellern oder Geräteschuppen. Vielleicht kann ich mich ja heut am Friedhof an beide mal ranschleichen und erfahre etwas.

11 Ratte im Bouquet

Üppige Blumenbouquets sind was sehr Schönes, finde ich. Ein ganz besonderer Genuss ist es, sie *von innen* zu erleben. Die Blüten ranken sich dann rund um dich herum und der Duft raubt dir praktisch den Atem.

Was für eine Ackerei es war, diesen Platz „in der ersten Reihe" der Aussegnungshalle unseres traditionsreichen Münchner Nordfriedhofs zu ergattern, möcht ich Euch hier ersparen. Nur so viel: Allein die unzähligen Treppen, die von der U-Bahn zum Eingang hinaufführen, sind für kleine Rattenbeinchen eine Zumutung!

Dafür liegen mir die halbrund angeordneten Stuhlreihen gegenüber und ich kann das Geschehen dort später genau beobachten. Rechts neben mir thront der Sarg von Otto Epp auf einer Art Rampe. Ich fühle mich feierlich in diesem runden, himmelhohen Raum mit dem Marmorboden und den schlanken Rundbögen. Hat irgendwie was Ewiges. Nach einiger Zeit, die ich angenehm vor mich hin dösend verbracht habe, sind die Stuhlreihen gefüllt – ja fast *über*füllt. Ganz vorn sitzen natürlich die Familie, Gudrun und Gustav sowie zwei altersschwache Frauen und ein greiser Mann, der von einer Schwester mit weißem Häubchen (ja, so was gibt es wirklich) im Rollstuhl hereingefahren wurde.

In den hinteren Reihen entdecke ich Schneider-Breisgau, der mit einer Frau die Köpfe zusammensteckt und etwas flüstert. Da würd ich nur zu gern Mäuschen spielen. Ja, das wäre tatsächlich etwas ganz anderes, die sind nämlich nur ein Drittel so groß wie Unsereiner! Außerdem sehe ich Sarah Kirschbauer, ebenfalls in Begleitung und eine Horde Jugendliche, wahrscheinlich der Fußballclub. Eine Gruppe älterer Herren in Trachtenkleidung mit den blau-weißen Anstecknadeln vom FC München Milbertshofen zieren die fünfte Reihe.

Plötzlich wird es still im Saal und ich bemerke einen Mann in bodenlanger Robe, der zu einem kleinen Stehpult ganz in meiner Nähe geht, vermutlich der Priester. In seiner Rede lobt er den Toten über den Schellenkönig, wie man in unserm Bayernland sagt:

„Verfechter der gerechten Sache", „ … herausragender Einsatz für … usw. Besonders hebt er hervor, wie großzügig Epp gewesen ist. Der hat sein Vermögen nicht nur an viele Hilfsorganisationen vermacht, sondern einen Teil auch an die katholische Kirche – aha!

Jetzt ist der musikalische Zwischenteil der Zeremonie dran (ich hab vorher auf den Programmzettel des Pfarrers geschielt). Zuerst geben die Vertreter des Jodelclubs der Trauer um ihren Schriftführer Ausdruck. Und glaubt mir, die müssen ganz erbärmlich trauern, du meine Fresse! Beim anschließenden Trauermarsch von Chopin (ich hab das Programm gelesen) nehme ich meine Pfoten wieder von den Ohren. Ich finde die langsamen tiefen Töne sehr ernst und trotzdem tragend und schön.
Ich ertappe mich dabei, wie ich leise mitsumme:

„Daa ta tataa, taa tataa tataa tataa" und sich mein Blick automatisch nach unten und irgendwie nach innen senkt.

Es folgen weitere Lobreden all seiner politischen Mitstreiter und sogar Gegner sowie der großzügig bedachten Vereine, bei denen Epp auf die ein oder andere Art mitgemischt hat: Anwälte (ohne Grenzen), Paten für Kinder aus armen Ländern (PLAN), Innere Mission, Caritas, Welthungerhilfe, Bund Naturschutz, Rotes Kreuz.

Das Schlusslicht bildet der Mannschaftsführer von der Fußballjugend. Alle loben, dass Epp immer Zeit hatte, stets „alles" gegeben hat, für die Benachteiligten/hungernden Kinder/Obdachlosen/Natur/Kranken/Ballsportler „bis zum Äußersten gekämpft" hat.

Anfangs bin ich noch voll Bewunderung für diesen Mann, der so wenig an sich selbst und so viel an andere gedacht zu haben scheint.

Im Laufe der sehr ähnlich klingenden Reden aber frage ich mich, a) wie *ein* Mensch das alles überhaupt schaffen kann, rein zeitlich und auch, ob einem all diese Themen gleich wichtig sein können.

Und b) ob dem lieben Otto diese ganzen Menschen plus Natur so am Herzen gelegen haben oder ob es ihm eher wichtig war, dass *er* als einer dasteht, der für all das kämpft …

War Otto also wirklich so selbstlos oder eher ein selbstgerechter Wichtigtuer, der glaubte, dass er eine Art „Auserwählter" ist und die Weisheit mit dem Löffel gefressen hat? Wir Ratten sind zwar respektvoll den Toten gegenüber, aber wir haben keinen Hang zu falscher Pietät.

„De mortuis nihil nisi bene" (Latein II, 6. Klasse für „Nichts Schlechtes über Tote reden") is nix für uns. Wir halten uns an die Realität, versuchen nicht, sie an das anzupassen, was wir glauben möchten.

Äh, außer vielleicht Armand, wenn es um Carmen geht.
… äah und genaugenommen auch ich, wenn es um
Armand geht … Also streicht einfach meine letzte
Bemerkung.

Jetzt stehen die Trauergäste der Reihe nach auf und
kommen nach vorn zum Sarg, um sich persönlich zu
verabschieden, manche einzeln, andere in Gruppen. Für
mich ist das eine prima Gelegenheit, ihren unverfälschten,
von den anderen nicht erkennbaren Gesichtsausdruck zu
sehen. Die meisten blicken angemessen ernst bzw.
niedergeschlagen drein. Manche legen noch ein paar
Blümchen zu den vielen schon vorhandenen Gestecken
dazu.

Ein junger Mann mit hagerer Statur und langen lockigen
braunen Haaren in schwarzer Jeans und schwarzem
Leinensakko fällt mir durch seinen besonders verbitterten
Gesichtsausdruck auf. Er hat Tränen in den Augen als er
eine kleine Statuette aus mattschwarzem Stein vor dem
Sarg ablegt. Sie ist oval und glatt geschliffen mit zwei
unterschiedlich weiten Öffnungen.

Keine Ahnung, was das sein soll, aber es wirkt
irgendwie weich und ich möchte mit meiner Pfote über
seine sanft gewellte Oberfläche streichen. Vermutlich ist
der Mann einer der Künstler, die Epp gefördert hat.

Und nicht zum ersten Mal frage ich mich, ob der liebe
Otto mir, was die Partnerwahl betrifft, nicht ähnlicher
war, als es den Anschein hat. Unerwiderte Liebe oder eine
Liebe, zu der einer von Zweien nicht steht, kann heftige
Emotionen freisetzen, das weiß ich aus eigener Erfahrung.
Und manche, wie ich, reagieren darauf halt mit

Niedergeschlagenheit. Andere vielleicht mit ohnmächtiger Wut ...

Als Schneider-Breisgau mit der (seiner?) Frau vortritt, legt er eine weiße Rose mit langen dunkelgrünen Gräsern vor dem Sarg ab. Während er sich bückt, streift plötzlich ein Lächeln seine Lippen. Nein, es ist eher ein Grinsen, richtig schadenfroh! Aber es dauert nur einen kurzen Moment, dann zeigt seine Miene wieder den angemessen ernsten Gesichtsausdruck von vorher.

Hat der Typ etwa doch was mit dem Mord zu tun? Bin ich mit Breitmoser auf dem völlig falschen Dampfer?!

Nur die Ruhe, Maxi, alter Knabe. Du weißt ja gar nicht, *warum* Felix gegrinst hat und ob überhaupt.

Selbst wenn er glücklich ist über Epps Tod, heißt das noch lange nicht, dass er auch der Mörder ist.

Aber verunsichert bin ich jetzt doch.

Da flüstert die Frau, die sich jetzt ebenfalls bückt, um ein weiteres Gebinde abzulegen, ohne Schneider-Breisgau anzusehen, scheinbar zum Sarg hin, so leise, dass ich es, wäre ich keine Ratte, niemals hätte hören können. Sie sagt etwas, das meine Pläne komplett über den Haufen wirft:

„Grins nicht so auffällig! Wenn sie dich verdächtigen, müssen wir zugeben, dass du in der Mordnacht bei mir warst.

RP-Felix und die astreine Stadträtin. Politskandal und Scheidung. OB Kandidatur adé."

Hiermit wurden zwei Fliegen mit einer Klappe geschlagen: 1. Felix Schneider-Breisgau ist nicht der Mörder von Otto Epp. 2. Die Dame neben ihm ist nicht seine Frau. Ich kann mir also weitere Ermittlungen in dieser Richtung sparen.

Womit der gute alte Peter wieder ins Zentrum der Aufmerksamkeit rückt. Allerdings beginne ich zu ahnen, wie schnell man aus ein paar Beobachtungen falsche Schlüsse ziehen kann.

Zum Detektiv-Sein gehört wohl doch mehr, als ein helles Köpfchen. Z.B. eine gute Ausbildung und viel Erfahrung?

Dann kommt er, mein Favorit als Mordverdächtiger: Peter Breitmoser. Er legt keine Blümchen ab und mimt ein perfektes Pokerface als er gemeinsam mit seiner Frau kurz vor dem Sarg innehält. Bestätigt aus meiner Sicht eher meinen Verdacht. Er müsste doch jetzt jubilieren: keine neue Partei, denn ohne Epp hält sich die nicht lange; die abtrünnigen Wähler werden großenteils zurückkehren; Epp hat seine gerechte Strafe bekommen.

Freilich sitzt ihm das Frollein Maier im Nacken und die wird er so schnell nicht loswerden. Wenn er sie auch umbringen würde, käme sein Betrug heraus, dafür hat die Uschi mit ihren Sicherheitsbriefen bei den Rechtsanwälten gesorgt.

Coole Tussi. Aber auch ganz schön gruselig ist die. So eiskalt. Außerdem werde ich grad doch ein bisschen vorsichtiger, was Schlussfolgerungen betrifft.

Nachdem alle, die es wollten, vor zum Sarg gekommen sind, öffnet der Pfarrer die große Doppeltür, als Zeichen, dass die Trauerfeier jetzt beendet ist. Erst als die Halle völlig leer ist, traue ich mich aus meinem Versteck hinaus. Wie Gudrun ihrem Bruder prophezeit hat, wartet eine gewaltige Menschenmenge draußen vor der Tür und schließt sich der Trauergesellschaft an auf ihrem Weg zum Grab. Fast hat man den Eindruck, halb München wäre auf den Beinen. War der Otto jetzt so beliebt, oder is das einfach die blanke Neugierde? Schließlich ist sein Tod ein Mordfall.

Der Epp ist übrigens längst nicht der einzige Prominente, der auf dem Münchner Nordfriedhof liegt – wie meine Netz-Recherche ergeben hat! Dort haben eine Reihe anderer Münchner VIPs die letzte Ruhe gefunden: der bayrische Volksschauspieler Beppo Brem; der Kabarettist und Schauspieler Klaus Havenstein und Johannes Heesters.

Auch mit seinem kriminalistischen Hintergrund ist Epp dort nicht allein, zumindest im weitesten Sinn. Die Schauspielerin Mady Rahl kenne ich aus ein paar alten Edgar-Wallace-Filmen, Barbara Rudnik hat laut Wikipedia in vielen Fernseh-Krimis mitgespielt und Eduard Zimmermann war jahrelang mit einer Sendung namens „XY ungelöst" im deutschen Fernsehen zu sehen, wo echte unaufgeklärte Verbrechen gezeigt wurden, um unter den Zuschauern doch noch mögliche Zeugen zu finden – sagt die Suchmaschine meiner Wahl.

Jetzt ist die gewaltige Menschenmasse endlich ins Rollen gekommen und ich eile vorsichtig hinterher. Dabei kommen mir meine superflinken Rattenbeinchen zugute, mit denen ich von einer Grabstein-Deckung zur nächsten flitze.

Als wir schließlich bei Epps letzter Ruhestätte ankommen, finde ich einen schönen Platz im Schutz einer breiten Forsythie, die wegen der milden Temperaturen glücklicherweise schon etliche Blüten hat.

Selbstredend hocke ich ziemlich weit von der Graböffnung entfernt, hinter den ganzen Menschen, die in einer riesigen Traube darum herumstehen.

Als ich unter meinem Busch hervorluge, sehe ich auch Lisi und Cem ein Stück hinter den anderen Leuten stehen. Sie sind nur vier Meter von mir entfernt.

Was für ein Massel (bayrisch-jüdisch für „Glück")!

Deswegen kann ich ihre geflüsterte Unterhaltung gut verstehen, obwohl der Priester jetzt etwas aus einem „Evangelium" zitiert, was ziemlich umständlich und gestelzt klingt.

„Langsam wird's recht eng", flüstert die Lisi grad eindringlich dem Cem ins Ohr. „Wennst mi fragst, kommt koa anderer von die ganzen Heinis aus dem Umfeld vom Epp als Täter in Frage. Alle, die Anwälte, PLANer, Jodler, Fuaßballer, Naturschütza usw. ham einwandfreie Alibis. Die Kirschbauerin hat koa Taxi kumma lassn und koa Auto oda sonst an fahrbarn Untasatz ausgliehn.

Was für a Scheißfall is des denn! Normalerweise hast eha zfui Tatverdächtige. Hier hast fast gar koan! Aba i bin ma sicher, dass *er* es war. I spürs – du und da Andi, Ihr moants des ja ah. Der macht uns was vor, was sei Beziehung zum Mordopfer angeht.

Aber an der Zeugin komma net vorbei. Und ohne die Tatwaffn mit seiner DNA drauf kemma dem des nia nachweisn! Mia nehma den nommal in die Mangel. Vielleicht bricht a dann ei. Aber i glaub des selber net. Vielleicht sollt ma den Aufruf an die Bevölkarung erneuern und a Belohnung aussetzn. Ah, wenn si dann wieda tausend Besserwisser melden und mia am Haufn foischa Spurn nachgehn miaßn.

Des bläde blaue Glasteil, mit dem er zuagschlagn hot, brauch ma!"

Cem murmelt und nickt zustimmend und seine Miene verrät, dass er ähnlich fühlt. Eine Weile herrscht betretenes Schweigen.
Lisi schaut zum Himmel, als ob sie auf die göttliche Eingebung hofft.

„Du Cem, übrigens, du erinnerst di doch an den Rest von meiner Brotzeit, der vorgestern vom meim Schreibtisch verschwunden is. Die Spusi hat Abdrücke von Tierpfoten, wahrscheinlich von einer Rattn, auf der Tupperbox gfundn. Und auf a paar Tastaturtasten und meiner PC-Maus. Du hast ma dazu nix zum sagn, oder?"

Oooh Oooh! Au Weiaweia!
Cem schaut jetzt ziemlich belämmert drein. So als hätte seine Vorgesetzte nicht mehr alle Tassen im Schrank.

„Geh komm, Cem! I woas doch, dass Ihr mi verarschts. I geb ja zua, dass i's a bisserl übertribn hab mit dem Thema. Aba jetzt gebts es a zua. War ja wirklich a witzige Idee, mir a Brotzeit-klauende und PC hackende Rattn vorzspuin."

Bei diesen Worten blickt Lisi Cem wieder direkt an und grinst schelmisch. Als der Cem weiterhin schweigt und dreinschaut wia a Singerl (ziemlich belämmert), wird die Lisi stinkig.

„Jetzt langts aba, Cem. Der Andy hat a so do, als ob er von nix wüsst! Hast du dir des vielleicht alloa ausdenkt?!"

Wütend wirft Lisi ihren Kopf zur Seite, gerade, als ich vor Nervosität meine Pfoten lecke, im Rahmen einer kleinen Übersprungs-Putzrunde.

Sie muss die Bewegung im Augenwinkel gesehen haben. Jedenfalls schießt ihr Kopf nach unten und sie schaut direkt zu mir her. Ich stiere zu ihr hoch wie ein hypnotisiertes Kaninchen. Sekundenlang blicken wir uns direkt in die Augen. Dann flitz ich wie von der Tarantel gestochen zurück unter meinen Busch. Dort bleib ich zitternd und mit angehaltenem Atem hocken.

Als ich mich wieder traue, zwischen den Ästen hindurch zu linsen, sehe ich, dass Lisi noch immer mit offenem Mund in meine Richtung glotzt. Ich bin zu sofortiger Flucht bereit. Aber ihr Gesichtsausdruck hat sich verändert. Sie sieht jetzt unsicher aus und irgendwie hilfebedürftig.

So hab ich die taffe Lady noch nie gesehen!

Das ist auch dem Cem aufgefallen. Er schaut Lisi an, als würd er sie am liebsten in den Arm nehmen und ihr versprechen, dass sich für alles eine ganz einfache Erklärung finden wird.

Dann blickt Lisi auf zu Cem und ihre Blicke versinken ineinander.

Tus doch, Cem!, will ich rufen. Halt sie fest! Sie wünscht es sich genauso sehr wie du! Ich kann es riiiiiechen!!

Es ist sogar für einen olfaktorisch minderbemittelten Zweibeiner wie dich deutlich zu sehen!

Statt einer Umarmung knetet Cem unbeholfen Lisis Schulter und murmelt „Mia san alle zurzeit wegen dem

Scheißfall a weng gestresst. Geh einfach jetzt hoam und entspann di a bisserl. Mia haltn die Stellung. Moang schaugt ois wieda anders aus."

Nicht supertoll, aber ein Anfang, Cem! Weil ich das alles grad nicht mehr packe, muss ich mich körperlich ausagieren. Ich pese im Schutz diverser Büsche eine Achterschleife nach der anderen mit zunehmender Geschwindigkeit. Erst als mir schlecht wird, halte ich wieder an. Dann frage ich mich, warum mich die Nicht-Beziehung zwischen Cem und Lisi so aus der Fassung bringt.

Wieso macht es mich kirre, dass der Cem so passiv bleibt, statt klar auf Lisi zuzugehen? Sie einzuladen! Ihr Komplimente zu machen! Ich glaub, ich hab Angst, dass er zu lange nur vor sich hin träumt, es sich *zu lange* überlegt. Dass die Lisi vorher die Lust und das Interesse verliert. Dass ein anderer kommt und sie ihm wegschnappt. Dass sein Leben an ihm vorbeizieht und er die Liebe verpasst, weil er sich nicht traut. Aus Angst, wieder enttäuscht zu werden.

He, von wem red ich hier eigentlich?

Ganz klar, von mir!

Ich hänge meinen Träumen mit Armand nach, die doch nie Wirklichkeit werden. Währenddessen ziehen mögliche Partner an mir vorbei, ohne, dass ich sie überhaupt wahrnehme!

Das ist sehr traurig und ich spüre wieder das schwarze Loch in meinem Inneren. Aber, wenn ich ganz ehrlich zu mir bin, ist es auch praktisch. Es erspart mir, jemandem zu vertrauen und dann enttäuscht zu werden. Bei Armand *weiß* ich schließlich, dass nix werden kann aus uns. Klingt bescheuert, oder? Aber so ist die Psyche einer Ratte nun mal. Vielleicht seid Ihr Menschen da ja einfacher gestrickt.

Mir reichts für heute. Ich zieh mich zurück in ein sicheres Laubhaufen-Versteck, weit weg von Lisi und Cem und den anderen. Über das Leben im Allgemeinen und meines im Besonderen sinnierend, verbringe ich die Zeit bis alle Grabbesucher verschwunden sind. Immerhin weiß ich jetzt, dass Lisi und ihre Kommissare auch den Breitmoser für den Täter halten. Sie hat zwar seinen Namen nicht genannt – aber wen sollte sie sonst gemeint haben. Jetzt wird es Zeit, mir die kleine Statuette näher anzuschauen, die der junge Künstler in der Aussegnungshalle hingelegt hat. Hoffentlich wurden die ganzen Beigaben noch nicht entfernt.

Als ich in der Halle ankomme, sehe ich, dass alles noch daliegt. Wie ich erwartet hab, steht auf der kleinen Skulptur ein Name. Künstler sind eben „speziell", was ihre Werke betrifft. Das Gekritzel ist allerdings schwer zu entziffern. Gedruckten Text zu lesen, fällt mir inzwischen leicht, aber Handschriften ... Also der erste Buchstabe ist auf jeden Fall ein „N", dann folgt ein kurzer Strich, dann ein ... „k", noch ein „k", dann ein Kreis – „o". „Nikko"! Der Mann heißt Nikko mit Vornamen. Jetzt weiter: zweites Wort, zwei Silben, erster Buchstabe: wieder „N". Danach ein „a" und ein „u", dann drei Bögen – ein „m"! Danach wieder ein „a" und zweimal zwei Bögen. „nn". „Naumann"! Der Typ heißt Nikko Naumann und das war echt eine schwere Geburt.

Während ich mich noch im Glanze meines eben errungenen Minisieges sonne, höre ich plötzlich die Tür knarren. Ich hechte ins nächstbeste Blumengebinde, was sich als keine gute Idee herausstellt. Das ist nämlich ein Gesteck aus weißen und gelben Rosen und eben habe ich mir einen Piekser ins seidige Bauchfell eingefangen. Die Scheißdinger haben Dornen!! Weil ich mit fellregenerativen Maßnahmen beschäftigt bin, bemerke ich die Hand erst, als sie auf mich zu schnellt. Starr vor Schreck sehe ich, wie fünf Finger sich um die Skulptur schlingen, nur zwanzig Zentimeter von mir entfernt. Dann wird die kleine Statuette hochgehoben und ein Mann entfernt sich mit raschen Schritten. Es ist der junge Künstler von vorhin.

12 Ratto Artistico

Als Nikko Naumann dabei ist, durch die Eingangstür zu verschwinden, löst sich meine Schockstarre. Ich schaffe es gerade noch aus der Eingangshalle, bevor die Tür wieder ins Schloss fällt. Nikko geht in Richtung Grab davon und ich hinterher. Hah! Das ist meine erste Verfolgungsjagd. Naja, Jagd ist ein bisserl übertrieben. Der Knabe schlurft jetzt eher dahin, so als wäre alle Energie aus ihm raus geflossen.

Naumann geht wieder nach links, er will anscheinend nochmal ans Grab? Dort angekommen schaut er sich nach rechts und links um. Dann nimmt er einen großen, dunklen mit zig Täschchen und Schnüren versehenen Rucksack vom Rücken, den ich erst jetzt bemerke. Mir bleibt der Mund offen stehen, denn ich kann kaum glauben, was ich da grad seh.

Der Typ steigt runter ins offene Grab!! Ist das so üblich bei Euch Menschen?! Doch wohl eher nicht, sonst hätt er nicht einen auf heimlich gemacht.

Unter Aufbietung meines ganzen Rattenmutes schleich ich mich zum Grubenrand – ich *muss* einfach sehn, was der da treibt. Er zieht die kleine Skulptur aus der Jackentasche und drückt sie am Kopfende des Sarges in die Erde der Seitenwand. Also wenn *der* sich nicht verdächtig benimmt, dann weiß ich nicht! Wenn ich heimkomme, muss ich unbedingt seine Adresse „enten" (duckduckgo.com), und seiner Bleibe einen Besuch abstatten.

Aber – wer sagt, dass ich so lange warten muss …
Gerade überkommt mich ein Geistesblitz!

Ich weiß, ich weiß! Eine bescheuerte Idee, in das kleine Seitentäschchen am Rucksack zu schlüpfen! Aber es war einfach zu verlockend. Was, wenn der Kerl merkt, dass die Tasche eine Beule aufweist, die da nicht sein sollte? Was, wenn er eines der (Gott sei Dank unbenutzten) Taschentücher braucht, die mit mir hier drin stecken? Aber jetzt ist es zu spät, mir darüber Gedanken zu machen. Ohnehin war Naumann eher „dramhappad" (= rammdösig) drauf, schnallt also hoffentlich gar nix.

Nach einlullendem Geschaukel und Gerumpel mit dem MVV, nach Getrappel und knarzenden Treppenstufen, höre ich endlich, wie ein Schlüssel klimpert und in einem Schloss herumgedreht wird. Dann wird der Rucksack samt meiner abgestellt. Ich höre Geraschel, das ich nicht identifizieren kann. Schließlich entfernen sich Schritte und eine Tür wird geschlossen. Kurz darauf höre ich gedämpftes Wasserrauschen. Kombiniere: Nikko Naumann ist im Badezimmer. Das ist meine Chance!

Ich pople mich aus der unsauber verschnürten Seitentasche. Aha. So sieht also eine Künstlerbude aus. Ja, so ähnlich hab ich sie mir vorgestellt: groß aber alt – definitiv *nicht* luxussaniert – mit graubraunem Holzfußboden und Dachschräge an einer Wand. Darin ein schmales Fenster. Direkt unter dem Fenster ein langer rechteckiger Tisch aus massivem Holz. Ein paar blanke Holzstühle am Tisch. An einer Wand eine kleine Küchenzeile. An der anderen Wand ein schmales Couchbett. Die Luft ist trocken und staubig.

Und überall – wirklich überall, wo es eine Abstellmöglichkeit gibt, stehen Skulpturen. In allen Größen und Formen. Äh, abstrakten Formen, so ähnlich wie die vom Friedhof. Bis auf wenige Bilder scheint Nikko Naumann klar der Bildhauertypus zu sein.

Ich mache mich ans Werk, schnüffle hier, schnüffle da, schaue in (Papier-)Körbe und den Abfalleimer, ja sogar unter die Matratze. Ergebnis: rein gar nix. Kein Geruchspartikel von Otto oder seinem Blut, keine Brieftasche, kein blaues Glas-Dingenskirchen. Jetzt wusele ich zum offenen Dachfenster hinüber, um diese gastliche Stätte zu verlassen. Äh, sie ist wirklich gastlich – auf einem verkleckerten Einwickelpapier am Fußboden neben dem Bett liegt ein Rest Pizza Parma Rucola …

Ja was! Ich bin auch nur ein Mensch! Irgendwie jedenfalls.

Auf meinem Weg komme ich an der großen Skulptur in der Mitte des Raumes vorbei. Sie steht auf einer breiten Unterlage und ist offenbar noch nicht ganz vollendet. Ich halte inne und betrachte das Teil. Bin ja an sich mehr fürs Gegenständliche, aber diese Figur hat was.

Erinnert mich irgendwie … an einen aufrecht stehenden Rattenmann. Aufrecht stehend und seehr gut ausgestattet, mein lieber Scholli. Ist fast … beängstigend. Könnte aber auch eine auf dem Kopf stehende athletische Rübe mit sehr dicken Backen und langer, ausgeprägter Nase sein.

Gerade will ich weiter Richtung Dachfenster und Freiheit, da kommt der Typ aus dem Badezimmer zurück. Super Timing! Ich verstecke mich also hinter der Skulptur und sehe, dass er ein mit klarer Flüssigkeit gefülltes Glas und ein kleines Metallröhrchen in den Händen hält. Damit geht er zum Tisch. Nein, er geht nicht, er schlurft, mehr als vorher. Lässt sich schwer auf den Stuhl am Kopfende fallen, stellt das Glas ab und betrachtet lange das Metallröhrchen. Dann steht er wieder auf, genauso schleppend und holt sich Block und Stift.

Zurück am Tisch beginnt Nikko Naumann zu schreiben. Langsam malt er Buchstabe für Buchstabe aufs Blatt – sieht irgendwie mechanisch aus.

Der Mann riecht förmlich nach Trauer, Otto Epps Tod hat ihn wohl wirklich sehr tief getroffen. Nachdem er seinen Brief beendet hat, starrt er wieder eine Ewigkeit darauf hinunter. Dann fängt er an, mit dem Brief zu reden:

„Es tut mir Leid, Mutter … Gib dir nicht die Schuld … Du bist einfach nicht dafür geschaffen, auf Dauer mit nur *einem* Mann zusammen zu sein. Aber ich kann einfach nicht mehr weitermachen … Otto war so nah daran, der Vater zu sein, den ich nie hatte … Hat mich immer unterstützt, mir Geld gegeben, wenn es eng wurde … Hat immer an mich und meine Kunst geglaubt … hat mich gefördert …

Während Nikko spricht, laufen ihm dicke Tränen übers Gesicht. Er scheint sie gar nicht zu bemerken.

Jetzt öffnet Nikko wie in Zeitlupe das Metallröhrchen und ich fange langsam an, mir Sorgen zu machen. Warum weiß ich auch nicht so recht. Aus dem Röhrchen kullern kleine weiße Scheibchen auf den Tisch. Nikko fängt an, die weißen Dinger in der Flüssigkeit im Glas aufzulösen. Die Luft stinkt jetzt richtig nach Verzweiflung. Er bröselt ein Scheibchen ins Glas, schüttelt, bröselt das nächste rein, schüttelt und so weiter. Die Flüssigkeit im Glas ist jetzt ganz milchig-trüb.

Schließlich hat er alle Scheibchen aufgelöst, starrt auf das Glas und sagt:

„Ade, Mutter, machs gut … Mich kann jetzt nur noch ein Wunder retten."

Da fällt es mir wie Schuppen von den Augen. Nikko Naumann will sich das Leben nehmen!!

Tu das niiicht!!!

Langsam schiebt sich seine Hand in Richtung Glas, ich lasse alle Vorsicht beim Teufel und renne los. Ich fliege über den offenen Fußboden, rase ein Stuhlbein hoch, springe von der Lehne auf den Tisch, fege über die Tischplatte und treffe das Glas mit meiner vollen Breitseite genau in dem Moment, als Nikko seine Finger darum schließen will.

Das Glas fliegt ihm in hohem Bogen aus der Hand, schlittert über die Tischplatte, fällt auf das Parkett und zerspringt dort mit lautem Krachen.

Ich höre Nikkos erstickten Aufschrei und sehe aus dem Augenwinkel, dass der junge Mann mit aufgerissenem Mund dasteht, wie zur Salzsäule erstarrt. Erleichtert kichere ich in mich hinein – mit *der* Skulptur kann ich wenigstens was anfangen …

Ich hab mich überschlagen, bin aber Gott sei Dank auf allen Vieren gelandet. Als ich, nach kurzem benommenem Kopfschütteln, weiterrenne, auf das schmale Fensterbrett springe und nach draußen auf die Dachschindeln, höre ich Nikko erstaunt „Gott liebt mich?!" ausrufen.

Na dann is doch alles o.k., mein Freund ...

Plötzlich superguter Laune, weil ich, glaub ich, gerade einem Menschen das Leben gerettet und ihm neuen Mut gegeben hab, gleite ich die Dachrinne entlang, bis zu der Öffnung, wo die Regenrinne abwärts führt. Dort taste ich mich Stück für Stück, links und rechts an die Wände gestemmt (wiedermal!) nach unten.

Nach beträchtlicher Kletterzeit – ich glaub, unser Künstler wohnt im sechsten Stock! – lande ich in etwas Weichem, Feuchtem. Na prima! Ein dickes Knäuel alter Blätter hat die Rinne verstopft. Aber wozu hab ich Krallen. Ich reiße und rupfe an dem Knoten. Im Nullkommanix hab ich ihn in kleine Fetzchen zerlegt. Leider hab ich nicht bedacht, dass man den Ast, auf dem man sitzt, besser nicht absägen sollte ...

Den Rest der Röhre bringe ich im freien Fall hinter mich, begleitet von einem langgezogenen Schrei, diesmal aus meiner eigenen Kehle. Gott sei Dank war ich nicht mehr weit vom darunter liegenden Grasstreifen entfernt. Eigentlich hat die Rutschpartie sogar Spaß gemacht. Ich finde mich in einem Vorgarten wieder.

Als ich an Otto Epp denke, werd ich schlagartig wieder ernst. Anscheinend war er doch nicht der Überflieger, dem alles im Leben gelungen ist. Auch er hat eine Niederlage einstecken müssen, sogar an einer ganz empfindlichen Stelle: Die Frau, die er – vermutlich – geliebt hat, hat ihn sitzen lassen. Dadurch hat er die Chance auf eine eigene kleine Familie verloren.

Ist ziemlich wahrscheinlich mit der Trauer über diesen Verlust allein geblieben ... Musste weiter den Starken,

Unantastbaren spielen? Gerade tut mir Otto Epp einfach nur Leid.

Dann fällt mir ein, dass ich keinen blassen Schimmer hab, wo ich grade bin. Ein naher Baueingang wird mein Problem lösen. Einmal kurz zur Ankündigung gefiept und ab in den Untergrund. Die KollgInnen im Boden vor dem Nikko-Naumann-Haus erweisen sich als Angehörige des Clans Gewürzmühlenstraße West, Ortsteil Lehel. Das bedeutet, ich bin gar nicht so weit weg von daheim.

Freilich wollen die jetzt erst mal wissen, was ich hier recherchiert habe, wie weit die Ermittlungen fortgeschritten sind und laden mich zu Leckereien und auf ein Helles ein. Ratten können sehr gastfreundlich sein – und neugierig …

13 Ratzfatz

Als ich erschöpft und leicht bedudelt im Bau ankomme, ist es schon Abend. Das ist das Tolle bei uns, dass du praktisch zu jeder Tages- und Nachtzeit ein paar Clanmitglieder findest, die gerade pennen! Ich schmiege mich in Kammer 1 an den nächstbesten Rattenkörper am Rand eines Knäuels aus bereits schlafenden Clanmitgliedern. Ich mache die Augen zu, da dringt ein Flüstern aus ebendiesem Körper an mein Ohr:

„Ah, der *Herr Ermittler*! War ja wieder den *ganzen* Tag unterwegs. War wohl wieder *gaaanz* was Wichtiges, was Maximilian?"

Oje, böses Foul, eindeutig der falsche Körper, an den ich da angedockt hab. Denn dieses spezielle Exemplar gehört meiner Schwester Katharina. Mal ehrlich: Ich finde es schön, zu einer großen Familie in einem großen Clan zu gehören. Mit meinen anderen dreizehn Geschwistern verstehe ich mich auch eigentlich recht gut, ebenso mit den meisten der anderen Clanmitglieder. Aber mit Kathi gibt's ständig Zoff. Sie ist eifersüchtig auf meinen Job.

Sie sagt, dass sie als Hetero-Frau keine Chance hat, etwas anderes zu tun, als Kinder zu kriegen. Vor allem, da Paps von *mir* ja wohl keine erwarten kann. Was soll ich jetzt *dazu* sagen? Frage: Sind Paps wohl die – inzwischen geborenen sieben und zu erwartenden 36 plus – Enkel nicht genug?

Aber Kathi ist Papas Lieblingstochter und diese Stellung will sie nicht aufgeben. Sie versteht einfach nicht, dass sie selbst dafür sorgen muss, etwas aus ihrem Leben zu machen. Und dass alles irgendwelche Opfer kostet. Meistens größere.

„Ach Kathi, lass mich in Ruh. Ich bin total k.o.", seufze ich leise.

„Der Herr Bruder hat wohl ganz vergessen, dass morgen die 300-Jahr-Feier unseres Baus stattfindet. Die geht schon ganz früh mit dem gemeinsamen Frühstück los."

Ach du dicke, gequirlte Sch…! Hab ich doch glatt unser Jubiläum vergessen! Werd mich nach dem Frühstück möglichst bald verdrücken. Ich liebe meine Clanmitglieder nämlich, aber sie alle auf einmal zu genießen ist mir dann doch zu viel des Guten.

Beim großen Frühstück in aller Herrgottsfrüh des Festtages bin ich noch ziemlich dramhappert (hier: verschlafen). Etwas lustlos spachtle ich das – zugegeben leckrige – Essen in mich hinein: Garnelen an Naturreis mit Grasbeilage. Die Küchencrew hat sich echt was einfallen lassen.

Da bemerke ich eine kleine Gruppe Rattenweibchen und –männchen, die nahe der Luke vor Gang 5 sitzen.

Holla, wer ist *das* denn, den kenn ich ja noch gar nicht! Eines der Männchen aus der Gruppe ist ein echt schicker Typ, ungefähr in meinem Alter.

Silbernes Fell mit zartbraunen Tigerstreifen. Er ratscht und scherzt mit den anderen. Ich beobachte seine eleganten Bewegungen und die entzückende Art, wie sich sein Näschen kräuselt, wenn er lächelt. Ein interessanter Typ.

Plötzlich dreht er sein Gesicht zu mir her und sekundenlang blicken seine hellbraunen Augen direkt in meine schwarzen.

Mein Kopf zuckt nach rechts, um seinem Blick auszuweichen und ich finde auf einmal großen Gefallen an den Erdmustern in der Wand unserer Wohnkammer Nummer 1. Während ich die Muster betrachte, aber nicht sehe, rasen panische Gedanken mit Lichtgeschwindigkeit durch mein Hirn:

Er hat sich belästigt gefühlt durch mein Starren. Bestimmt ist eines der Weibchen aus der Clique seine Freundin! Wahrscheinlich sogar seine Frau, und sie haben sieben Kinder!!

Klar hab ich mir wieder einen ausgeguckt, der nicht in Frage kommt!

Außerdem ist mein Bauch zu dick. Ich bin hässlich! Uninteressant und langweilig.

In einem Mordfall der Zweibeiner ermitteln – wer macht das schon! Doch nur ein kompletter Loser!

Eine Schnauze streift sanft mein Ohr und flüstert hinein: „Der attraktive Ratter heißt Sven. Er ist vor Kurzem aus Schweden nach München gekommen, weil er das schon immer mal sehen wollte. Und, weil sein Freund kürzlich nach vielen Jahren Beziehung mit ihm Schluss gemacht hat …

"„Sirkit!", rufe ich und drehe mich hastig um. „Wie errätst du nur immer, was ich gerade denke!"

„Ach Maxi. Ich kann in deinem Gesicht lesen wie in einem offenen Buch. Selbst von hinten."

" Das ist gruselig!" meckere ich, obwohl ich mich insgeheim sehr über die Information freue.

„Das ist Mutterliebe", widerspricht Sirkit zärtlich. „Du bist zwar „ein bisschen" zu alt dafür, aber ich hab dich nun mal innerlich als Sohn adoptiert. Und ich werd nicht eher Ruhe geben, als bis du glücklich unter der Haube bist."

Mit diesen Worten stupst meine beste Freundin ihr Näschen noch einmal zärtlich in meine Backe. Dann macht sie auf dem Absatz kehrt und scheucht ihre zwei Kleinen sanft in Richtung Ausgang.

Ich verziehe mich in den Vorratsspeicher, weil das momentan der einzige Ort im Bau ist, wo ich einigermaßen in Ruhe nachdenken kann – wenn man von den heißen Salsarhythmen absieht, die gedämpft zu mir herüberwabern und zu denen Carmen jetzt vermutlich gerade Verrenkungen macht, die Herzschlag und Temperatur sämtlicher Clan-Männchen in bedenkliche Höhen schrauben. Außer *der* Männchen, die sich bereits im Greisenstadium befinden. Und, vielleicht – hoffentlich! – außer Svens.

Bei diesem Gedanken wird *mir* nun etwas wärmer und ich rufe mich rasch zur Ordnung. Ich will noch einmal gründlich über den Fall nachdenken. Meine Ermittlungen sind ins Stocken geraten. Ich weiß nicht, wie ich jetzt weitermachen soll. Ich glaub, ich muss nochmal ins Polizeipräsidium, um meinen Wissensstand aufzumöbeln.

Ich hab den Eindruck, als würd ich nur hektisch rumrennen und nix kommt dabei raus. Hab ich etwa einen sicheren Mordverdächtigen? Naja, schon, den Breitmoser.

Aber hab ich auch nur den Schatten eines Beweises, dass der es war? Nein, njet, nada, nix!

Ich brauche etwas Handfestes! Das auch die Lisi und ihre Kommissare überzeugt.

Ich brauche … die Mordwaffe!

Danach muss ich suchen! Irgendwo muss sie ja sein! Irgendwohin muss der Mörder sie ja geworfen haben. Und auf ihr sind seine Fingerabdrücke.

Laut Spusi ist sie aus blauem Glas, das kann man auch nicht einfach verbrennen. Ja, mein Ziel muss jetzt sein, sie zu finden!

Wo könnte sie sein? Die Polizei hat ja schon im Umkreis des Tatorts gesucht, aber vielleicht nicht weit genug. Oder nicht gründlich genug – wir Ratten haben da andere Möglichkeiten.

Ich werde Marktschreier um Hilfe bitten. Der soll seine Kollegen aus den umliegenden Clans aktivieren – von hier bis nach Schwabing. Außerdem die aus Obermenzing, Bogenhausen und Grünwald. Um die Wohnorte von Breitmoser, Schneider-Breisgau und, zur Sicherheit, den Epps rum.

Und wenn das alles nix bringt, muss ich die Suche eben auf den gesamten Stadtbereich erweitern! Aber ich habs irgendwie im Gedärm, dass ich auf der richtigen Spur bin.

Wir werden die größte Suchaktion in der Geschichte der Münchner Rattenschaft starten!

Jetzt werden endlich Nägel mit Köpfen gemacht!!

Gesagt – getan.

Marktschreier ist ganz aus dem Häuschen, dass er mir nochmal bei meinen Ermittlungen helfen darf. Er verständigt alle Nachbarclans und dann verbreitet sich der Auftrag in konzentrischen Kreisen um den Marienhof herum wie ein Lauffeuer.

  Erst, wenn bei der ganzen Aktion *auch* nichts rauskommen sollte, werde ich mich nochmal in Lisis PC einhaken. Derzeit will ich aber fest daran glauben, dass unsere Rattensuche wichtige Ergebnisse bringt.

14 Die Wasserratten vom Großen Teich

Ich hab recht behalten: Als ich kurz nach Sonnenaufgang zurück im Clan bin, rennt mir Marktschreier schon „gschaftig" entgegen.

„Sie haben sie gefunden!", keucht er. „Die Tatwaffe!" „Im Teich vom Englischen Garten!" „Die Wasserratten haben sie entdeckt! Und für dich sichergestellt!".

Jetzt muss Marktschreier erst mal Luft holen, was mir Zeit gibt, leicht verwirrt zu fragen:

„welcher Teich?". „Na der große. Der bei dem Lokal mit dem Biergarten am Wasser". Ich vergesse immer, dass die meisten anderen Ratten nicht lesen können. Und noch nie in mapsgoogle, Verzeihung, openstreetmap waren.

„Ach der See! Du meinst den Kleinhesseloher See!", rufe ich und mir wird langsam einiges klar.

Jetzt bin ich es, der vor Aufregung fast durchflippt.

Endlich ist der ersehnte Durchbruch da!

Mörder, zieh dich warm an, Maxi is coming!!

Der Mörder ist nach der Tat nicht, wie ich gemeint hab, in der U- oder S-Bahn verschwunden. Er ist vielmehr in den Englischen Garten gegangen – ist ja über Residenzstraße und Hofgarten nicht weit. Im Englischen Garten selber ist er dann schon ein Stück gelaufen, jedenfalls für einen Menschen. Aber um die frühmorgendliche Uhrzeit dürfte er da kaum jemand (Nüchternem/Drogenfreiem) begegnet sein. Er steht am Seeufer, holt aus und wirft die Mordwaffe so weit weg wie es geht ins Wasser.

Ich bedanke mich überschwänglich bei Marktschreier, der gleich noch einen halben Zentimeter größer wird, als er eh schon ist. Ich muss da jetzt hin und die Mordwaffe sehen! Jetzt sofort! Auch, wenn inzwischen schon einige Menschen unterwegs sein dürften. Wenigstens muss ich nicht in die U-Bahn. Bis zum Kleinhesseloher See kann ich zu Fuß gehen. Das herrliche Wetter heute beflügelt mich zusätzlich.

Die gute Nachricht: Die Wasserratten vom Teich-Clan Englischer Garten haben etliche blaue Glasstücke gefunden.

Die schlechte Nachricht: Weil die Teile ziemlich lang im Wasser gelegen haben, können wir nur noch wenige Blutspuren darauf erschnüffeln – trotzdem ist es eindeutig das Blut von Otto Epp. Ansonsten „mooselt" das Ding gewaltig, bäh.

Ich hab also leichten Zweifel, ob meine Kommissare die Spuren von Otto und evtl. noch welche von seinem Mörder werden nachweisen können. Schließlich sind es Menschen – nix für ungut! Aber Prof. Kolumbus hat mal gesagt, dass die Polizei über eine Substanz verfügt, die alte Spuren manchmal selbst nach sehr langer Zeit z.B. an einem Trinkglas sichtbar machen kann, das schon zigmal gewaschen wurde. Hab vergessen, wie sie heißt. Nur, dass es sich auf „Blumenkohl" reimt.

Die Wasserratten haben die Glasstücke auf eine der Seeinseln geschafft und an einer für Menschen unzugänglichen Stelle im Unterholz versteckt. Dort hocke ich nun und versuche mich an einem Puzzle. Ich kann die wenigen Teile leider nicht wirklich zusammenfügen. Und aus dem, *was* ich zusammensetzen kann, werde ich nicht wirklich schlau: Ein Teil deutet auf eine Rundung hin, ein anderer auf eine eckige Form. Doch ne Vase? Ich hab wirklich keine Ahnung.

Nachdem ich ein paar Stunden mit den Wasserratten vom Teich geplaudert hab, wandere ich im Englischen Garten umher. Und döse ab und zu ein paar Stunden vor mich hin. Chille, sozusagen. Wir Ratten haben kein Problem mit Muße, im Gegensatz zu Euch Menschen. Das ist Zeit, die man verbringt, ohne „etwas zu tun". Das geht hier gut, weil viel Gebüsch. Einerseits muss ich die Zeit bis zur Abenddämmerung totschlagen, wegen des nicht vorhandenen Sichtschutzfaktors Mensch-Ratte auf offener Straße.

Andererseits macht es riesig Spaß, hier rumzulaufen. Der Englische Garten ist mit 375 Hektar eine der größten innerstädtischen Parkanlagen der Welt. Friedrich Ludwig von Sckell hat ihn vor rund 200 Jahren außerdem superschön, supergrün und mit abwechslungsreicher Natur nach dem Vorbild der englischen Landschaftsgärten prägend mitgestaltet. Und der Chinesische Turm nebst Antik-Karussell ist ein Muss für jeden Touristen.

München ist schon eine tolle Stadt!!

Als es schließlich Abend wird, kehre ich zurück zum großen Teich und kläre mit den Wasserratten, dass sie die Glasstücke weiterhin gut bewachen und für mich aufheben sollen.

Ein letztes Mal umrunde ich den Kleinhesseloher See. Ich schau auch beim Biergarten des Seehauses vorbei –

vorsichtig natürlich. Vielleicht ist ja das ein oder andere Schmankerl im Gebüsch entsorgt worden.

Da seh ich plötzlich zwei vertraute Gesichter auf einer der Bierbänke sitzen: Gudrun und Gustav Epp.

Ist das jetzt Zufall, oder kehrt der Mörder hier zum Tatort zurück? Dann beruhige ich mich wieder.

Hier ist a) nicht der Tatort, sondern höchstens der Tatwaffenentsorgungsort.

Und b) gehen sehr viele Münchner ab und zu zum Seehaus zum Essen, ohne einen Mord begangen zu haben. Also, cool down Maxi …

Das ist allerdings jetzt eine gute Gelegenheit, die beiden nochmal zu belauschen, man weiß ja nie. Und außer ihnen ist kaum noch ein Mensch hier, weil es nach Sonnenuntergang im März noch ganz schön frisch ist. Also duck ich mich flach in die Kieselsteine am Boden und robbe im Schutz der Bänke wie eine Eidechse auf der Jagd zu den beiden Geschwistern, die sich eine Bank in „der ersten Reihe", also direkt am Ufer, herausgesucht haben.

„… die Überschreibung des Hauses an uns beide.", hör ich Guddi gerade sagen. „Außerdem bin ich froh, dass wir endlich Tante Paulas Rostkarre loswerden. Hoffentlich schafft es der Wagen noch bis zur Deponie."

Was eine Deponie ist, weiß ich nicht. Was ich aber versteh, ist, dass Gustav seine Schwester auf der Heimfahrt beim Marienplatz rauslassen will.

Da kann ich jetzt nicht widerstehen. Ein Taxi nach Hause zu nehmen ist nach all der Rennerei der letzten Zeit eine zu große Versuchung. Ich hab ja damit schon

Erfahrung. Also schleich ich den beiden nach und hoffe auf eine Gelegenheit, mich unbemerkt ins Ex-Auto von Tante Paula zu schmuggeln.

Zunächst siehts nicht danach aus, als würd es mir gelingen. Guddi und Gustav steigen beide zu rasch ein und ziehen ihre Türen zu schnell für mich wieder zu. Dann aber steigt Gustav nochmal aus, macht den Kofferraumdeckel auf und anschließend die Hintertür auf der Fußwegseite, um ein rotes Schächtelchen von der Rückbank des Wagens zu holen.

Das ist meine Chance!

Todesmutig hechte ich einen Hinterreifen hoch und jage meine kleinen spitzen Krallen in das Blech darüber, um mich hochzuziehen. Gott sei Dank ist der Lack des Karrens mit Roststellen übersät, an manchen Stellen sind sogar schon kleine Löcher im Rost. Sonst hätt ich womöglich einen Bauchplatscher auf dem Asphalt hingelegt. So aber schaff ich es gerade noch, mich in den Kofferraum fallen zu lassen und unter einer leicht modrigen Decke zu verschwinden, bevor Gustav die kleine Schachtel auf die Decke wirft und den Kofferraumdeckel zuschnappen lässt. Irgendwas riecht komisch hier.

Erst jetzt stelle ich mir die Frage, wie zum Henker ich am Marienplatz hier wieder rauskommen soll ... Wenigstens hab ich hier im Kofferraum einwandfreie Akustik, will sagen, ich kann alles genau hören, was Gu-Gu miteinander reden. Schließlich sind unsere Öhrchen fast genauso Hightech wie unsere Näschen. Ääh – hab ich *vielleicht* schon mal erwähnt.

„Hast du das Ding in den Kofferraum gelegt?", fragt Gudrun gerade. „Damit nicht noch was schiefgeht, weil uns ein übereifriger Platzwart einen Gefallen tun will und es vorher rausnimmt."

„Beruhig dich", antwortet Gustav. „Ich hab ihn hinten reingelegt. Zusammen mit der Schachtel. Noch eineinhalb Stunden, dann können sie uns gar nix mehr".

Ich weiß nicht, aber irgendwie gefällt mir dieses Gespräch ganz und gar nicht. Und es riecht hier nicht nur komisch, sondern regelrecht beunruhigend. Wenn ich nur draufkäme, wonach!

Einige Zeit schweigen die beiden, aber mir wird immer unwohler. Der Geruch geht mir tierisch auf die Nerven. Es riecht nicht nur ungut, sondern auch irgendwie vertraut! Jetzt spricht Gudrun wieder:

„Ich hab dich bisher nicht danach gefragt, aber … was hast du mit dem … Pokal gemacht, nachdem …".

Gustav antwortet erst nach einigem Zögern: „Hab ihn im Englischen Garten in den See geworfen. Den finden sie nie."

Den Pokal …?

Den Pokal!!

Jetzt weiß ich, was mir bei dem Gespräch der jungen Fußballer aufgefallen ist! Sie haben von dem neuen Sieg geredet – und auf dem Bord über dem Kamin in Otto Epps Zimmer standen nur die angestaubten Pokale, die Ottos Mannschaft früher bei dem jährlichen gemeinnützigen Turnier errungen hat!

Der neueste Pokal hat gefehlt!

Plötzlich weiß ich auch, an was mich der Geruch hier drin erinnert und mir sinkt das Herz in die sprichwörtliche Hose.

Es riecht nach scharfer Zitrone und noch etwas anderem. Etwas viel Schlimmerem.

Ich wühle mich unter der Decke heraus, dabei rutscht die rote Schachtel auf den nackten Kofferraumboden. Gott sei Dank ist sie sehr leicht und es poltert deshalb nur ganz leise.

Ich haste zu ihr hinüber und schlage meine Krallen in den Spalt zwischen Deckel und Unterteil. Die Schachtel springt auf. In ein rotes Samtkissen gebettet liegt ein kleiner goldener Ring. Mit eingraviertem Datum und dem in Winzschrift geschriebenem Namen Paula. Der Ring riecht so stark, dass mir schlecht wird.

Nach scharfer Zitrone, dem Körper von Gustav Epp – und Blut.

Dem Blut von Otto Epp!

Ich bin jetzt völlig perplex. Wegen der Erkenntnis, dass ich mich mit meinem Verdacht gegen Peter Breitmoser möglicherweise total geirrt hab. Und wegen der Tatsache, dass ich in letzterem Fall vermutlich gerade im Auto eines Mörders sitze.

Ein neues, ungebetenes Mantra flutet gerade mein Gehirn: „Gustav Epp hat seinen Bruder getötet!"

Ich weiß nicht warum, auch die näheren Umstände sind mir unklar, aber am „Dass" besteht für mich jetzt kaum mehr ein Zweifel.

„Er hätt nicht mit dem Ring vor meiner Nase herumwedeln sollen!", bricht es auf einmal aus Gustav heraus und ich zucke heftig zusammen.

„Als ob er mir unter die Nase reiben wollte, dass jetzt auch Tante Paula ihn für den Größten hält!

So wie alle anderen!!"

Gustav schreit jetzt, seine Worte kommen stoßweise.

Gustav … *weint*!

„Unser Leben lang – war immer ER der Beste!! – In der Schule!! – Im Sport!! – Im Beruf! Berühmt war er! –

Hat sich immer für andere aufgeopfert!! –

Immer ER, ER, ER.

Was ICH geleistet hab, hat keinen interessiert!!

Den Vater nicht, die Mutter nicht, die Lehrer nicht!!!

Nur die Tante Paula hat mich immer lieber mögen, als ihn. Zumindest hab ich das geglaubt! Sie hat immer mit *mir* gespielt, als du noch ein Baby warst. Wenn Otto wieder mal an einem Sportwettbewerb teilgenommen hat. Ich hab geglaubt, dass sie ihn durchschaut hat, so wie ich …

UND DANN VERERBT SIE DEM SELBSTGERECHTEN ARSCHLOCH IHREN HEILIGEN EHERING – UND MIR DIE SCHEISS SCHROTTKARRE!!!

DA BIN ICH AUSGERASTET!!!

„Sei still!", schreit plötzlich Gudrun. „Es nützt ja alles nichts! Wenn du jetzt zusammenbrichst und alles gestehst, ist niemandem geholfen! Otto wird davon nicht wieder lebendig! Wir müssen jetzt den guten Namen unserer Familie schützen! Das ist alles, was noch zählt!"

15 Schach Ratt

In meinem Kopf wirbelt jetzt alles durcheinander, in meinem Herzen auch.

Gustav hat seinen Bruder getötet, ja. Aber er hat es nicht vorsätzlich getan, sondern in einer momentanen Aufwallung von Frustration, Demütigung und Hass, die sich anscheinend schon sein ganzes Leben lang aufgestaut haben! Irgendwie kann ich Gustav sogar verstehen. Ich selbst hab ja ab und zu so von Otto gedacht, ohne ihn persönlich zu kennen.

Wie mag es wohl sein, ein Leben lang in jemandes Schatten zu stehen?

Plötzlich seh ich meine Schwester Kathi mit anderen Augen. Kann besser nachvollziehen, wie sie sich mit mir fühlt.

Ich nehme mir ernsthaft vor, ihre Leistungen künftig mehr zu würdigen. Und ihre Talente aktiv zu fördern!

Wie auch immer – Otto war ein Mensch, ein denkendes, fühlendes Lebewesen und sein Tod muss gesühnt werden.

Vielleicht tue ich Gustav sogar einen Gefallen, wenn ich dabei helfe …

Jetzt bleibt das Auto abrupt stehen, ich schliddere auf dem glatten Boden einen halben Meter nach vorn. Eine Tür geht auf und schließt sich wieder. Gudrun ist ausgestiegen. Gustav macht mit dem Wagen eine 80-Grad-Drehung nach links.

Wenn wir zuerst vom Englischen Garten Richtung Marienplatz unterwegs waren, würde ich sagen, wir fahren jetzt nach Osten. Eine ewig lange Zeit ruckelt es so dahin. Zuerst immer im Stop-and-go Tempo. Danach fahren wir gleichmäßiger und schneller. Vielleicht sind wir inzwischen schon außerhalb der Stadt.

Dann quietschen plötzlich die Bremsen, der Wagen rollt langsam weiter und Gustav biegt links ab, dann rechts und nochmal links. Nach kurzer Strecke wird er deutlich langsamer und lässt das Auto nach rechts rollen auf einen knirschenden Untergrund, vermutlich Steine oder Kies – eine Einfahrt. In der Nähe höre ich ein lautes Motorengeräusch, das ab und zu schrill aufheult, metallenes Splittern und Knirschen und das Klirren von Glas. All das hört sich nach gewaltsamer Zerstörung an und macht mir Angst. Außerdem riecht es stark nach Metall, Rost und altem Öl.

Gustav verlässt das Auto und redet mit einem anderen Mann.

„Sie machen den Wagen jetzt sofort, wie Sie versprochen haben?".

„Ja", sagt der andere. „Wie ausgmacht. Sie kenna zuaschaugn, wenns wolln", sagt der andere gelangweilt.

„Gern – ich nehm ihn dann gleich mit nach Hause, als Deko-Würfel für den Garten", beendet Gustav das Gespräch.

Papier raschelt und dann entfernen sich die Schritte der beiden. Einen Moment lang passiert gar nix.

Dann brüllt plötzlich direkt neben meinem Kofferraum ein Motor los und Sekunden später höre ich über mir die Scheiben des Fahrzeugs, in dem ich sitze, splittern.

Heiße Angst durchströmt mich, als ich fühle, wie der Wagen hochgehoben wird und ich mit ihm aufwärts pendle. Dann schwenken wir nach links ab.

Für einen langen Moment geschieht wieder gar nichts, außer dem Getöse des Motors.

Plötzlich quietscht es über mir wieder schrecklich. Und dann falle ich mit dem Wagen und schlage mir den Kopf am Kofferraumdeckel an.

Jetzt weiß ich, dass mein letztes Stündlein geschlagen hat.

Mit unbeschreiblicher Wucht schlägt der Wagen unten auf – ich falle Gott sei Dank auf die Decke und kralle mich daran fest wie nie zuvor im Leben.

Jetzt ertönt ein neues Motorengeräusch, ein Quietschen und Kreischen. Es ist ohrenbetäubend laut. Mir bleibt fast das Herz stehen, als ich merke, dass das schwere Auto, in dem ich sitze, zur Seite geschoben wird wie ein Spielzeug.

Dann bricht plötzlich die Hölle los.

Es splittert, kreischt, birst!

Was passiert hier!!?

Mein Hirn macht sich plötzlich selbständig und zählt eins und eins zusammen: Die Epp-Geschwister sagten, sie wollten das Auto „loswerden" – Gustav will es sich danach „als Würfel in den Garten" stellen – ein Film im Praxisseminar der ISL mit dem Titel „Kraftfahrzeuge: von der Wiege bis zur Bahre".

Ich bin auf einem Müllplatz für Fahrzeuge, die entsorgt werden müssen!!

Ich bin in einer –

SCHROTTPRESSE!!

ICH BIN IN EINER SCHROTTPRESSE!!!
DIE RECHTE SEITENWAND DES
KOFFERRAUMS BEKOMMT SCHON RISSE!!!
ICH MUSS SOFORT HIER RAUS!!!!

Ich dreh fast durch als das Kreischen der Presse unerträglich laut wird und die rechte Autoseite splittert.

Ich rase zur linken Seitenwand und presse mich voll dagegen. Dort kauere ich wie gelähmt, starre voller Grauen auf die berstenden, sich langsam näher schiebenden Bleche.

Soll das mein Grab sein?!

Soll ich hier enden, auf solch grauenvolle Weise, plattgedatscht wie eine Flunder?!

WAS HAB ICH NUR GETAN?!

FÜR WELCHE SÜNDEN SOLL ICH BESTRAFT WERDEN??!!

STOPP!!!

Nur wer sich selbst aufgibt, ist verloren!

Ich muss mich beruhigen und einen Ausweg suchen! Einen Weg nach draußen.

Ich nehme mir eine Zehntelsekunde, um zu mir zu kommen, den Druck meiner Hinter- und Vorderpfoten auf dem glatten, kalten Bodenblech des Kofferraums zu spüren – und, um zur Jungfrau Maria zu beten. Hoffentlich verzeiht sie mir, dass ich bisher nie religiös war.

Dann ebbt die glutrote Hitze, die meinen Kopf komplett ausgefüllt hat, soweit ab, dass ich wieder aus den Augen schauen und etwas sehen kann. Eine kleine

Öffnung ist entstanden, weil sich der Kofferraumdeckel zu einem Dreieck aufgeschoben hat!

„LOS MAXI – JEEETZT!!!

Als ich gerade zum Sprung ansetzen will, fällt mir ein, dass ich derzeit möglicherweise keinen Beweis habe für Gustavs Schuld. Ich weiß nicht, ob auf dem Pokal noch Spuren von ihm zu finden sind. Er wird ungestraft davonkommen und Ottos Tod bleibt ungesühnt. Ich habe meine Mission nicht erfüllt.

Ohne nachzudenken pese ich zu der kleinen roten Schachtel, der Ring ist nicht mehr drin. Rausgefallen durch das Geschüttel, na klar!

Wie ein gehetztes Wiesel fetze ich ziellos im Kofferraum hin und her. Bis ich drauf komme, meine Nase einzusetzen.

Tante Paulas Ring liegt auf der zerknüllten Decke. Weil ich so viel Schwung hab, als ich ihn erreiche, fliegt er hoch und in einem Bogen über mich hinweg.

Meine Sprunggelenke schleudern mich senkrecht in die Luft und ich „spieße" den Ring auf mit dem Ende meiner Schnauze, drehe mich noch im Flug um und rase auf die rasch kleiner werdende Öffnung zu.

Todesmutig springe ich auf die inzwischen winzig kleine Lücke zu –

und flutsche hindurch nach draußen, ins Ungewisse.

Ich lande auf Metall.

Es ist Gott sei Dank rau und gefurcht. Ich schlage meine Krallen hinein und renne mit der Kraft der Verzweiflung vorwärts.

Nicht weit vor mir ist eine senkrechte Wand.

ZU HOCH!!

Die Wand rechts von mir schiebt sich weiter auf die links aufragende Wand und damit auf mich zu. Der Abstand beider Wände beträgt nur mehr zwei Rattenlängen. Mein gehetzter Blick registriert, dass die rechte Wand viel niedriger ist, als die anderen beiden.

Ich muss auf sie draufspringen!!

VOM BODEN AUS SCHAFF ICH DAS NICHT!!!

Todesmutig kralle ich mich am zerknüllten Blech des einstigen Kofferraums nach oben.

Dann springe ich weiter und höher als ich jemals in meinem ganzen bisherigen Leben gesprungen bin auf die Schiebewand, rase sie quer entlang, springe nochmal blind, falle tief und lande auf Kies. Ohne abzubremsen rase ich weiter und weiter bis ich durch den Zaun des Schrottplatzes hindurch geschlüpft bin und weiter, über eine schmale Straße bis zu einem Stück Rasen mit Büschen.

Tief unter dem dichtesten Gestrüpp falle ich um und bleibe keuchend auf dem Rücken liegen. Ich hab nicht mal mehr die Kraft, entsetzt zu sein oder das Kotzen zu kriegen. Ich liege einfach quasi tot da, sehe über mir einen Wust dichter nackter Äste, ein paar Fetzen blauen Himmel und – wenn ich schiele – einen halbrunden goldenen Bügel am Ende meiner Schnauze.

Selbst nach vollbrachter Heldentat muss ich mal wieder den Deppen geben …

Wie ich zum Marienhof gekommen bin, weiß ich nicht mehr. Mein Gehirn meldet totalen Blackout. Egal – ich bin wieder daheim.

Aber noch kann ich nicht nach Hause gehen. Ich muss Lisi den Beweis dafür bringen, dass Gustav der Täter ist. Denn es sind jede Menge DNA Spuren von ihm auf dem Ring. Er hatte ihn oft in der Hand, vielleicht hat er ihn Otto ja auch vom Finger gezogen.

Auf dem Weg zum Polizeipräsidium mache ich einen Abstecher zur Krypta der Frauenkirche und spende der heiligen Maria einen Kerzenstummel. Man kann ja nie wissen! Dann pese ich Richtung Löwengrube, wieder einmal rauf, rauf, rauf, rüber und bin schließlich am Gitter des Luftschachtes hinter Lisis Schreibtisch angekommen. Diesmal ist sie *wirklich* nicht mehr da.

Ich öffne das Gitter vorsichtig, damit es nicht abfällt. Dann lasse ich mich an dem Philodendron, der praktisch die halbe Decke und 20 Prozent von Lisis Wänden überwuchert hat, zu Boden gleiten. Vor der Tastatur zu Lisis PC angekommen, lege ich den Ring ab. Dann klemme ich mir einen Bleistiftstummel zwischen die Krallen und krakele auf einen Notizzettel - zum ersten Mal - was meine Schreibkünste halt so hergeben …

Paulas ring mit gustav eps fingaabdrükken er is der Möada!!! Mordwafe auf Insel Kleinheseloer Seh.

Mann, Schreiben is echt viel schwerer als Lesen! Ich bin – relativ – sicher, dass keine Ratte vor mir je etwas auf mensch geschrieben hat. Oder überhaupt geschrieben hat, weil, unsere Rattenpfoten sind nicht wirklich dafür gemacht. Jedenfalls hoffe ich, dass es Lisi hilft, Gustav dingfest zu machen.

Mit dem Gefühl, ein aufrechter und verantwortungsbewusster Staatsbürger auf vier Pfoten zu sein und meine Aufgabe „stets zur vollsten" erfüllt zu haben, ziehe ich mich wieder auf meinem Gitterposten zurück. Dort hab ich die wunderschöne Ranunkelblüte abgelegt, die ich im Vorbeilaufen in einem Vorgarten entdeckt und mitgenommen hab – für Lisi zum Abschied. Dann leg ich mich hin und warte. Um nichts auf der Welt will ich versäumen, was für Augen Lisi machen wird …

Nach 10 Stunden Schlaf weckt mich ein kleiner erstickter Schrei. Ich brauche ein paar Herzschläge, um zu kapieren, dass ich mich auf meinem Beobachtungsposten im Polizeipräsidium befinde.

Wer so gejapst hat, war Lisi. Ich hab so tief gepennt, dass ich sie gar nicht hab reinkommen hören. Jetzt steht sie vor ihrem Schreibtisch wie versteinert da. Beide Vorderpf…, Verzeihung, Hände hat sie über den Mund gelegt und sie starrt hinunter auf ihren Schreibtisch.

Auf meinen Zettel und den Ring. Augen weit aufgerissen. Nach ziemlich langer Zeit zieht sie mit zitternder Hand ihren Stuhl heran und sinkt darauf nieder – ohne mein Mitbringsel aus den Augen zu lassen.

Immer noch schwanken ihre Finger leicht, als sie zum Ring greifen und einen Mikrometer davor stoppen. Lisi hat sich gerade noch daran erinnert, dass sie eine Polizistin und das da vor ihr ein Beweismittel ist – *mit wichtigen Spuren drauf!* Ich lasse den angehaltenen Atem geräuschlos entweichen. Nach einer weiteren Runde Starren greift Lisi zum Telefon.

„Michi, toll, dass du schon da bist. Ich brauch deine Hilfe. Kannst du ganz schnell und unauffällig zu mir ins Büro kommen, ohne dass der Super es merkt?"

Ob das der Michi von der Spurensicherung ist, der am Marienhof dabei war?

Als Michi da ist, zeigt sie ihm ihren Fund, den sie inzwischen in Plastiktütchen gesteckt hat.

„Was meinst du dazu, Michi?", fragt Lisi und hält ihm meinen Zettel unter die Nase.

„Hmm, sieht aus, wie das Geschreibsel eines Kindes. Wenn auf dem Ring wirklich die versprochenen Spuren drauf sind, habt Ihr euren Mörder. Wo hast du das her?", fragt Michi.

„Lag auf dem Schreibtisch, als ich heut ins Büro gekommen bin.", antwortet Lisi und schaut Michi vielsagend an.

„Wieder der große Unbekannte, was?", Michi grinst.

„Kannst du mir das nochmal untersuchen, Michi, du weißt schon, so wie letztes Mal, „top secret"", fragt Lisi.

"Klar, ich mach mich gleich an die Arbeit, bevor der Alte kommt.", erwidert Michi. „Falls ich wieder Rattenspuren entdecke, sag deinen Kollegen, dass sie es mit dem Spaß langsam übertreiben!"

„Ja, das werd ich tun", beeilt sich Lisi, zu versichern. Hmm, für meinen Geschmack hat sie einen Tick zu schnell geantwortet.

Es dauert eine Weile, bis Michi wieder da ist. Währenddessen haben Cem und Andy kurz „Guten Morgen!" gesagt, Lisi hat ein paar langweilige Telefonate geführt und ihren Arbeitszeitnachweis im PC ausgefüllt – damit war sie offensichtlich ein wenig im Rückstand. Es kommt mir so vor, als würde sie versuchen, die Zeit totzuschlagen.

Als es klopft, Michi eintritt und hinter sich die Tür zumacht, springt Lisi aus dem Stuhl auf, ihre Stimme klingt drängend:

„Also, hast du was gefunden?"

Michi gibt Lisi Zettel und Ring zurück, ein Lächeln auf dem Gesicht. Ich fürchte schon, er will die Spannung ein wenig hinauszögern und auskosten – was ich bei Lisis Gesichtsausdruck für sehr gewagt halte. Aber da spricht er schon:

„Bingo! Ihr habt euren Mörder! Es sind Otto Epps Finderabdrücke drauf und auch sein Blut. Und überall, wirklich überall innen und außen drauf die Fingerabdrücke von Gustav Epp. Zum Teil oben drauf auf dem Blut."

„Ist das alles?", fragt Lisi, die sichtlich erfreut, aber irgendwie auch etwas enttäuscht wirkt.

„Reicht das denn nicht?", spielt Michi den Entrüsteten. „Ich hab dir grade deinen Fall gelöst!"

„Freilich, Michi, entschuldige. Ich dank dir sehr, dass du immer so schnell und unbürokratisch hilfst – und so diskret. Bist ein echter Kumpel!", versichert Lisi hastig.

Der Michi wendet sich zum Gehen. Er hat die Hand schon am Türgriff, als er sich nochmal umdreht. Seine Lippen verziehen sich zu einem wölfischen Grinsen, als er sagt:

„Natürlich waren auch noch andere Spuren auf dem Ring und auf dem Zettel. Massenhaft Speichel, Kratzer, Haare, Finger…abdrücke. Allesamt von ein und derselben … Person. Sie entstammt der Familie der „Muridae" und gehört zur Art „Rattus norvegicus". Muss ich weiterreden?"

Jetzt ruft Lisi ihre beiden Kollegen herein und zeigt ihnen die neuen Beweismittel. Während Andy und Cem den Zettel und den Ring betrachten, erklärt sie ihnen, dass die Spusi Ottos und Gustavs Spuren bereits sichergestellt hat. Dabei beobachtet sie beide ganz genau.

„Jetzt könnt Ihrs ja zugeben", beendet Lisi ihre Ausführungen. „Ihr habts den Zettel gschriebn. Ich gebs zu – ich bin beeindruckt. Wo habt Ihr den Ring gefunden?"

Andy und Cem, eben noch aufgekratzt und hocherfreut, dass der schwierige Fall jetzt so gut wie gelöst ist, werden ernst bis sorgenvoll. Die beiden werfen einander einen verstohlenen Blick zu, der besagt: „Geht das schon wieder los!?"

„Ehrlich Lisi", sagt Andy. „Wir haben nix damit zu tun. Keine Ahnung, wer dir die Nachricht auf den Schreibtisch gelegt hat. Vielleicht ist ja eine von den Putzfrauen in den Fall involviert und hat die Schrift verstellt, weil sie nicht mit reingezogen werden will."

Aber Lisi hat sich schnell wieder gefangen. Ja sie scheint so eine Antwort schon erwartet zu haben.

„So wird's wohl sein. Hab ich mir auch schon gedacht. Ich wollt Euch bloß ein bisserl ärgern." Lisi lächelt die beiden aufmunternd an.

„Ich hab Order erteilt, Gustav Epp sofort zu verhaften. Und zwanzig Kollegen durchsuchen die Inseln im Kleinhesseloher See nach der Mordwaffe. Mensch Jungs, mir ham den Fall endlich von der Backe!"

Die drei schütteln sich die Hände und hauen sich fest auf die Schulter. Das soll wohl Freude ausdrücken und gegenseitiges Gratulieren für die „Gute Arbeit!". Ein ungemein interessantes Verhalten, so aus Rattensicht.

Nicht viel später wird Gudruns Bruder von zwei uniformierten Polizisten hereingeführt und setzt sich auf den Vernehmungsstuhl – seine Miene so schuldig wie die von Eva nach der Apfelaffäre. Kaum dass Lisi ihn mit dem Ring und den Spuren darauf konfrontiert, gesteht Gustav alles und erzählt bereitwillig, was in der verhängnisvollen Nacht passiert ist.

Gustavs Bruder Otto war bei einem Fußball-Vereinskollegen daheim (Schäfflerstraße) bei der Sieges-Feier für die Manager, bis kurz vor 3 Uhr morgens. Da er einen Pressetermin gleich in der Früh um 8 Uhr in der Parteizentrale der Naiven für München, direkt am Stachusrondell, haben würde, hatte er schon vorgeplant, nicht mehr heim zu fahren, sondern direkt in die Zentrale, wo er sich nochmal auf die Couch legen und ein paar Stunden schlafen konnte. Anschließend wollte er duschen und sich umziehen – ein frisches Hemd plus Anzug etc. hing immer dort. Otto wollte bei dem Pressetermin den neuesten Pokal seiner Jugendmannschaft auf dem Schreibtisch der Parteizentrale stehen haben, das hatte er den Geschwistern zuvor erzählt. Er hatte den blauen Glaspokal aber daheim vergessen.

Da Gustav zurzeit Pause zwischen den Dienstfahrten und folglich nix zu tun hatte, hatte er sich entschlossen, Otto den Pokal vorbeizubringen. Er und seine Schwester sind Nachtmenschen, Gustav leidet zudem oft unter

Schlaflosigkeit und geht dann gerne spazieren. So hatte er in dieser Nacht noch bis ca. 2 Uhr mit seiner Schwester Karten gespielt, als beiden auffiel, dass Otto den Pokal vergessen hatte. Ein Anruf beim Vereinskollegen wurde wegen lautem Feiern überhört, in der Parteizentrale war Otto noch nicht zu erreichen. Also fuhr Gustav aufs Geratewohl los zur Schäfflerstraße und ging eben die Weinstraße entlang, als er vor dem U-Bahnaufgang auf seinen Bruder Otto traf. Beide plauderten ein wenig und lachten über Ottos Vergesslichkeit – Gustav hielt immer noch den Pokal in Händen.

Dann erzählte Otto seinem Bruder, dass Paula Epp-Weiser, die kürzlich verstorbene Tante der Epp-Geschwister, ihm ihren Trauring vererbt hatte, zog ihn vom Finger und wedelte damit angeberisch vor Bruder Gustavs Nase herum. Das brachte Gustav zum Ausrasten – aus den Gründen, die er bereits im Auto erwähnt hat.

Gustav hatte all die Jahre ertragen müssen, dass Otto sämtlichen Ruhm erntete, der Stolz der Eltern war und Karriere machte, alles erbte, Geld und Grundbesitz, während Gustav sich als Schmarotzer und Versager fühlte. Aber Tante Paula hatte Gustav immer vorgezogen und mit ihm gespielt, als er klein war. Besonders ihr Trauring hatte es dem kleinen Gustav sehr angetan. Tante Paula hatte mit Gustav oft Goldschmied gespielt: Er hatte den Ring „gefertigt" und sie hatte ihn „gekauft", nachdem sie ausführlich die meisterhafte Arbeit von Klein Gustav gelobt hatte.

Außerdem war es Gustav, der Paula in ihren letzten Jahren immer im Pflegeheim besucht hatte. Gudrun und

Otto hatten nie so eine enge Beziehung zu ihr. Gustav dachte, wenigstens *sie* hätte erkannt, wie Otto wirklich war: selbstgerecht, eitel, ehrgeizig, ein als Altruist verkleideter Egozentriker. Immer der Erste und Größte, andern nix gönnend, bevormundend, andere mit seiner „Großzügigkeit" demütigend und erniedrigend. Dieses innere Bild von Tante Paula hatte Gustav all die Jahre die empfundenen Erniedrigungen ertragen lassen.

Gudrun und er seien von klein auf nur die Handlanger des Ruhms gewesen, den Otto „für die Familie" eingefahren habe. Und jetzt vererbt *Gustavs* Tante *Otto* den Ring, der sie so sehr mit Gustav verbindet. Und Otto *zeigt* Gustav den Ring auch noch extra und *protzt* damit, der rechtmäßige Erbe zu sein. Selbstverständlich. Wie immer.

Dann dreht Otto sich um, als ob nichts gewesen wäre, will Tante Paulas Ring wieder anstecken und mit der Rolltreppe zur U-Bahn runterfahren. Da explodiert im Kopf von Gustav plötzlich eine heiße rote Wolke. Er reißt den Pokal hoch und schlägt Otto damit über den Kopf – einmal. Der Ring fällt zu Boden, Otto bricht zusammen. Total geschockt steht Gustav eine ganze Weile bewegungslos da und schaut Otto in die weit aufgerissenen, starren Augen. Otto ist tot, das sieht er sofort und nichts auf der Welt kann diese Tatsache ungeschehen machen.

Dann blickt Gustav sich hektisch um und zerrt Otto auf die linke Seite des U-Bahnabgangs, hinter die kleine Mauer. Dort reißt er hektisch die schwere Leder-Brieftasche aus Ottos Jackentasche. Er geht zurück zum Tatort, hebt den Ring auf und steckt ihn ein. Später kann er sich zunächst gar nicht mehr richtig erinnern, wie das Alles passiert ist. Er weiß auch nicht mehr, wie er plötzlich in den Englischen Garten kommt. Er muss dorthin geirrt sein. Als Gustav wieder zu sich kommt, steht er am Ufer des Kleinhesseloher Sees.

Dort wirft er in hohem Bogen den Pokal und die Brieftasche von Otto hinein. Danach geht er – wieder in Trance – zum Max-Weber-Platz und besteigt um 4:45 die 25er Tram nach Grünwald, wo er um 5:19 ankommt. Um 5:30 ist er daheim und geht ins Bett. Seine Schwester hat ihm ein Alibi verschafft, damit der Name der Familie nicht in den Schmutz gezogen wird.

16 Ratte mit Stil

Für Gustav und Gudrun bricht jetzt eine sehr schwierige Zeit an. Aber wir Ratten passen uns an alles Unvermeidliche an und schauen immer nach vorn. Wer weiß, vielleicht ergreift Gudrun diese Chance, um aus dem Panoptikum auszubrechen und endlich ein eigenes Leben zu beginnen. Und vielleicht kann auch Gustav – trotz der schlimmen Verhältnisse im Gefängnis – die Zeit nutzen und zu sich selbst finden. Ich wünsche es beiden sehr.

Nachdem Lisi und er Gustavs Geständnis nochmal durchgesprochen haben, steht Cem auf:

„I werd jetz hoamgeh, und du solltatst des ah macha. Mia ham gnua do für heit!"

Er öffnet die Bürotür, geht auf den Gang hinaus und dreht sich nochmal zu Lisi um.

Wieder entsteht ein langer Moment, in dem beide sich anschauen und schweigen. Cems Augen erinnern jetzt an flüssige Bitterschokolade, seine schön geschwungenen schwarzen Brauen harmonieren phantastisch mit seinen hohen Wangenknochen. Die Luft ist so dick wie Butter, wenn auch nicht, weil Ärger drin liegt …

Hinter meinem Gitter stelle ich mich auf die Hinterpfoten, schließe meine Augen und konzentriere mich mit all meiner Kraft, bündle meine mentale Rattenenergie und vollführe schaufelnde Bewegungen mit den Vorderpfoten in Richtung Cem – kann ja nicht schaden. Dabei denke ich mit aller Kraft:

„Ommm, traudichesihrzusagen ... Ommm, traudichesihrzusagen ...Ommm ..."

Vor lauter telepathischer Anstrengung hätte ich beinahe Cems nächste Worte verpasst:

„ ... wollt ich dich schon lang fragen. Hast du Lust, jetzt no was mit mir trinken zu gehn?"

Wieder entsteht eine kleine Pause, während der Lisis Gesichtsfarbe einen leichten Rosaton annimmt. Sie wirkt überrascht, aber auch erfreut.

„Ja gern. Tat mi gfrein", sagt sie mit ungewohnt sanfter Stimme.

Ich boxe in meiner Röhre ein paarmal die Siegerfaust in die Luft. Mir ist jetzt vor Freude für die beiden fast so heiß wie Lisi und Cem.

„Geh du scho vor und suach uns an schena Platz. I kumm glei", fügt Lisi dann hinzu. „Muas no kurz was erledign".

Nachdem Cem gegangen ist, sitzt Lisi eine ganze Weile lang unbeweglich auf ihrem Bürostuhl und starrt auf den schwarzen Bildschirm. Jedenfalls sieht es für mich so aus, schließlich kann ich sie nur von schräg hinten sehen. Ich denke schon, sie ist eingeschlafen, da fängt sie plötzlich an zu sprechen.

„Ich hab den Ring der Spusi zur Untersuchung gegeben. Sie haben DNA von Gustav Epp drauf gefunden und – Rattenspuren, jede Menge, von derselben Ratte wie vorher. Ich hab Andy und Cem zugestimmt, dass mir den Ring wahrscheinlich eine der Putzfrauen zukommen hat lassen. Weil das alles total unglaublich und unmöglich ist und man mich ins Bezirkskrankenhaus Haar einliefern würde, wenn ich sagen tät, wo ich den Ring wirklich herhab!"

Nach einer langen Pause flüstert Lisi plötzlich:

„Ich weiß, dass du da bist. Ich spürs. Und ich weiß, … dass du … naja … eine Ratte bist.

Ich versteh nicht, wie das überhaupt sein kann, aber ich will dir nur sagen, dass ich dich nicht verraten und dir nix tun werd. Ich will mich im Gegenteil ganz arg bei dir bedanken.

Ohne deine Beweise hätten wir den Gustav Epp nicht verhaften können."

Mein Herz hat beim ersten Satz von Lisi zum Schlagen aufgehört und ich glaub, dass es gerade erst wieder damit anfängt. Dafür aber jetzt mit doppelter Geschwindigkeit. Meine Pumpe dröhnt nun wie Hammerschläge in meinen Ohren und ich bin sicher, dass Lisi das hören muss.

Da aber gleichzeitig eine Lähmung eingesetzt hat, die meinen ganzen Körper erfasst hat, weiß ich, dass ich sonst keinerlei Geräusch fabriziere. Ich bringe grad keinen Ton heraus.

So schweigen wir uns an – minutenlang.

Sie mit dem Rücken zu mir, ich mit auf ihrem Hinterkopf festgenageltem Blick.

Nach gefühlten 3 Millionen Jahren sinkt Lisis Kopf im Zeitlupentempo der Schreibtischoberfläche entgegen bis ihre Stirn darauf zum Liegen kommt. Kaum hörbares Gemurmel entsteigt ihrem vollen schwarzen Haarschopf. Aber ich bin eine Ratte, nichwahr. Weltmeister im Hören. So kann ich immerhin einige Wörter verstehen:

„… bläde Kua … rede … Ratte. … schlimmer … Einbildung … Polizeipsychologe … unzurechnungsfähig … Dienst quittieren."

In einer spontanen Aufwallung von Mitgefühl und Zuneigung drücke ich das dünne Gitter auf, das wie eine Tür zur Seite schwingt. Ich senke den Kopf, bringe meine Schnauze hinter der mitgebrachten Ranunkel in Stellung und schleudere sie mit aller Kraft in Richtung Lisi.

Sie fliegt in hohem Bogen auf ihren Schreibtisch zu.

Ein sanftes „Plopp" ertönt, als die leuchtend orange Blüte direkt neben den Kopf der Oberkommissarin auf die Schreibtischplatte fällt.

Ich sehe, wie Lisis Kopf hoch und in Richtung Blüte schießt.

Ein paar Augenblicke später schnellt er zu mir herum. Wieviele Sekunden lang wir uns dann direkt anblicken, kann ich nicht sagen. Ihre schönen braun-grünen Augen versinken in meinen schwarzen und wir sind vereint, teilen ein Verstehen zwischen unseren verschiedenen Gattungen, das keiner Worte bedarf und gerade deshalb herzlich und allumfassend ist.

Dann komme ich wieder zu Bewusstsein und weiß, dass ich es nicht mehr lang aushalten kann. Der angeborene Fluchtinstinkt wird zu stark.

Ich zwinkere Lisi zu, indem ich mein linkes Auge einen Moment lang zusammenpresse und mein Rattenmäulchen zu einem Grinsen verziehe. Auch, wenn ich nicht sicher bin, dass sie Letzteres erkennt – das Blinzeln versteht sie sicher. Ich hab schon oft beobachtet, dass Menschen das so machen, wenn sie gute Kumpel sind.

Anschließend wirble ich herum und gebe Fersengeld, was das Zeug hält.

Die enge Röhre entlang, den Schacht hinunter, die weite Röhre entlang. Ich schieße aus der Öffnung hinaus direkt auf den Frauenplatz, alle Vorsicht ist vergessen. Nur weg, Flucht, Abstand!

Doch jetzt breitet sich in meiner Brust noch etwas anderes aus: ein überwältigendes Glücksgefühl. Auch, wenn ich nicht der Super-Ermittler war in meinem ersten Fall, haben ich und die Münchner Rattengemeinschaft einer Oberkommissarin der Menschen geholfen, einen Mordfall aufzuklären!

Sie weiß, dass ich eine Ratte bin und respektiert mich trotzdem!!

Ich glaube sogar, dass sie mich ein bisschen mag!!!

Und außerdem hab ich meinen Job als Kontaktbeauftragter zwischen Ratten und Menschen geradezu mustergültig erfüllt – sozusagen „summa cum laude"!!

Wie auf unsichtbaren Schlittschuhen gleite ich, ein diebisches Grinsen im Gesicht, über den Asphalt, umtänzle die Beine eines verdutzten Penners, durchfliege die Albertgasse, flitze quer über die Weinstraße und halte auf das große Quadrat des Marienhofes zu.

Dort rase ich unter dem sternenklaren Himmel im Slalom zwischen den grüppchenweise oder vereinzelt im Gras stehenden Metallstühlen hindurch – Kurve rechts, Gerade, Kurve links, Gerade, links-rechts, Gerade, rechts-links.

Tief sauge ich die frische, kühle Nachtluft in meine Lungen mit ihrem geliebten Duft nach
MÜNCHEN,
der Stadt meines Herzens.

So lange pese ich herum, bis meine Beine zu Blei werden und mir die Puste ausgeht wie einem durchlöcherten Luftballon.

Wieder einmal mehr wankend als laufend passiere ich Gang 1, rutsche in Kammer 3 und docke sanft an das große Fellknäuel an, das meine zusammengekuschelten Clanbrüder und -schwestern bilden. Ich drücke meinen Rücken in eine kleine Mulde des Knäuels, erweitere dieselbe ein bisschen durch behutsames Schieben und Schubsen, rolle mich zu einem Ball zusammen, presse die Nase in mein eigenes Bauchfell und fühle mich daheim, wie schon lange nicht mehr.

Bilder treiben durch meinen Kopf: der tote Gustav Epp, Sven, *die Schrottpresse!!* ‚Sven, meine Geschwister, Sven, Sirkit und meine neue Menschenfreundin Lisi.

Doch bevor ich noch darüber spekulieren kann, ob sie sich wohl über mein Blumengeschenk gefreut hat, überwältigt mich – zum ersten Mal seit Tagen – ein tiefer, geborgener, sorgloser Schlaf.

Epilog

Ein paar Wochen nach dem tragischen Vorfall um die Familie Epp bin ich in Höchststimmung. Das kommt in letzter Zeit häufiger vor. Der Grund ist einfach.

Er heißt Sven.

Auf Sirkits Frage, was da läuft, hab ich geantwortet, dass wir uns kürzlich zum ersten Mal verabredet haben. Wir sind gemeinsam nachts aufs Platzl gegangen, um betrunkene Menschen zu beobachten, die aus dem Hofbräuhaus taumeln, und nach Junkfood zu suchen.

Es war ja soo romantisch!

Außerdem hab ich damit begonnen, Kathrin mithilfe meines geliehenen I-Pads das Lesen und Schreiben beizubringen. Sie ist sehr intelligent und verschlingt alles Neue im Eiltempo.

Sirkit habe ich eine weiße Orchidee geschenkt, die ich nahe dem Viktualienmarkt gefunden habe.

Für die treueste Freundin der Welt.

Ein dickes Dankeschön ...

... an meine vielen Testleser(-innen!) – Ihr habt mir Mut und diese Veröffentlichung erst möglich gemacht. Besonders Dir, liebe Ilse, als meiner unermüdlichen Lektorin, sende ich ein herzliches Schnauzewetz! Leider konnte ich Deine schönen Bilder diesmal nicht verwenden.

Lust, weiterzulesen? Bald kommt der neue Rattenkrimi. Sven und Maxi haben sich enschlossen, „das Band zu halten", was bei Rattens einem Eheversprechen gleichkommt. Sirkit ist genervt, weil sie die Zeremonie mit ihnen einstudieren soll und die beiden Turteltauben nichts als Unsinn im Kopf haben. Mitten in diese Idylle hinein bricht Marktschreier mit der Nachricht von einer Toten, die in der Wittelsbacher Gruft der Michaelikirche entdeckt wurde. Der Bartl, Verzeihung: Pater Bartholomäus, ist außer sich und will, dass Maxi auf der Stelle Ermittlungen aufnimmt. Der nutzt den neuen Fall, um die Ratten bei uns Menschen erneut ins bessere Licht zu rücken und berichtet live:

Mord im Mausoleum

… „EIN GOTTESHAUS IST ENTWEIHT WORDEN!", deklamiert Bruder B. dann in einem Ton, als wolle er die nahende Apokalypse ankündigen.

Es folgt eine lange Pause, während der mich Bruder Bartholomäus entrüstet anstiert. Ganz so, als ob *ich* an all dem Schuld wäre! Unbehaglich tripple ich von einer Hinterpfote auf die andere und fühle mich tatsächlich ein bisschen schlecht. Obwohl ich gar nichts getan hab!!

Gerade will ich in verbale Abwehrstellung gehen, da fällt mir ein, mit wem ich hier rede. Bruder Bartholomäus, riesig für eine Ratte, auf eine düstere Art würdevoll, wünscht sich vor allem Respekt und derzeit vielleicht ein kleines bisschen Verständnis für das seiner Ansicht nach schreckliche Vergehen – worum auch immer es sich handeln mag. Ich muss den eingerosteten Dialog wohl mit ein bisschen Mitgefühl schmieren, sonst stehen wir hier bis zum Sankt Nimmerleinstag.

„Was für ein verwerfliches Übel wurde denn in diesem heiligen Hause begangen, dass es dich so in Rage bringt?"

Diesen Satz hab ich vermutlich in irgendeiner Fantasy-Saga aufgeschnappt. Sofort wird mir klar, dass ich diesmal definitiv zu weit gegangen bin. Die Gesichtszüge von Bartholomäus, dem gläubigen Bruder, verziehen sich zu einem gänzlich unheiligen Ausdruck.

Seelenqual? Nein. Zorn! Nackte Wut!

Ich will schon entschuldigend stammeln, dass ich ihn nicht verarschen wollte, dass die Worte mir einfach so in den Sinn gekommen sind, als Bartl im Stakkato durch zusammengebissene Zähne hervor presst:

„Eine Menschenfrau. – liegt tot – in der Wittelsbacher Gruft – der Michaelskirche!"

Über diese erstaunliche Nachricht vergesse ich sogar, erleichtert zu sein. „*Unsere* Michaelskirche? Groß, mitten in der Fußgängerzone?", frage ich, bevor ich mich daran hindern kann.

Als sich ein infernalisches Donnerwetter in Bruder B.s Miene zusammenbraut, der ich die Frage ablesen kann „Wie-viele-Wittelsbacher-Grüfte-GIBT-es-deiner-Meinung-nach-in-München!!?", versichere ich hastig:

„Ich schau mir das unverzüglich an, Bart... – Bruder Bartholomäus!"

„Dieser Frevel wird nicht ungerochen bleiben!", ruf ich ihm im Weglaufen über die Schulter zu und gebe Fersengeld.

Ich kanns einfach nicht lassen.